Une révélation italienne

CAROL MARINELLI

Une révélation italienne

Traduction française de
FRÉDÉRIQUE LALLEMENT

AZUR

HARLEQUIN

Collection : Azur

Titre original :
ITALY'S MOST SCANDALOUS VIRGIN

HARPERCOLLINS FRANCE
83-85, boulevard Vincent-Auriol, 75646 PARIS CEDEX 13
Service Lectrices — Tél. : 01 45 82 47 47 - www.harlequin.fr
ISBN 978-2-2804-5445-2 — ISSN 0993-4448

Composé et édité par HarperCollins France. Achevé d'imprimer en avril 2021.
par CPI Black Print - Barcelone - Espagne
Dépôt légal : mai 2021.

MIXTE
Papier issu de sources responsables
FSC® C159065

Pour limiter l'empreinte environnementale de ses livres, HarperCollins France s'engage à n'utiliser que du papier fabriqué à partir de bois provenant de forêts gérées durablement et de manière responsable.

1.

— Ce sujet n'a pas lieu d'être.

— Au contraire, répliqua Dante Romano à son frère, parlons-en !

Il balaya alors du regard la table de la salle de réunion où étaient réunis les membres du conseil d'administration de Romano Holdings, qu'il présidait. Son frère Stefano pensait l'aider en faisant dévier la discussion de l'article de journal paru la veille, mais lui n'avait pas l'habitude d'éviter les confrontations. Aussi tumultueuse que soit sa vie amoureuse, il l'assumait pleinement et entendait tenir tête à son oncle sur ce point.

— Pourrais-tu nous expliquer en quoi ces commérages te dérangent, Luigi ? demanda-t-il d'un ton glacial.

— Notre société est réputée pour son sérieux, or les gros titres de ce week-end nuisent à son image et, qui plus est, à notre famille.

— Seul notre chiffre d'affaires concerne les gens. Étant donné qu'il est florissant, je ne vois pas qui se soucie de savoir avec qui je couche !

À son ton cassant, les autres personnes présentes – faisant essentiellement partie de la lignée étendue des Romano – baissèrent les yeux. Stefano, son cadet de sept ans, esquissa un sourire tandis qu'Ariana, la jumelle de ce dernier, s'absorbait dans la contemplation de ses ongles. Luigi insista cependant :

— Avec ton père si malade, tout le monde sait que des changements risquent de survenir. Nous devons donc faire preuve de stabilité et rester en accord avec les valeurs sur lesquelles ton grand-père a fondé la société. À commencer par celles régissant une famille unie, solide…

La famiglia.

L'argument favori de Luigi, et la fierté de leur nombreuse parentèle.

Hélas, la famille proche de Dante n'était pas aussi parfaite que sa mère le clamait, il s'en était rendu compte dès l'enfance au vu des nombreuses querelles entre ses parents. Et il y avait tant de secrets ! Ceux au sein de leur foyer, qu'il devinait sans les avoir jamais découverts, et ceux des autres Romano ; Luigi en particulier, qui, quelques années auparavant, avait sérieusement mis à mal la société avec son penchant pour les casinos. Dieu merci, Dante en avait eu vent à temps pour redresser la barre et leur épargner à tous déshonneurs et problèmes financiers. Alors, que son oncle se permette de lui faire la morale le révolta.

— Ça suffit, Luigi. L'époque où mon grand-père vendait du vin dans un petit appentis est révolue. Il y a eu nombre de scandales officiels ou tus depuis, si tu vois à quoi je fais allusion, tous plus graves que mes ébats amoureux. Nous les avons surmontés la tête haute car mon père a donné ses lettres de noblesse à notre société avec sa vision des affaires, la rendant intouchable.

— Oui, malgré ses valeurs familiales douteuses ! rétorqua Luigi.

Stefano intervint aussitôt.

— Je vous en prie, revenons au sujet de la réunion.

— Non ! s'exclama Dante. Réglons ce point une bonne fois pour toutes. Notre père a respecté les valeurs familiales jusqu'au jour où, après trente-trois ans de mariage, il a abandonné sa femme pour son assistante plus jeune que sa propre fille. C'est son problème. En ce qui me concerne, qu'aucun de vous ne s'avise de me chapitrer sur ma vie privée. Je me dévoue assez à cette société pour ne pas avoir à en discuter. Je suis célibataire et, bien que vous soyez tous pressés de me voir m'établir, je le resterai et coucherai avec qui bon me semble !

Ce qu'il faisait. Souvent.

Car les femmes l'adoraient.

Et pas seulement pour son physique avantageux. Sa fortune était aussi un atout majeur, il en était conscient. Même si Dante était plutôt cavalier avec les femmes, et inaccessible pour les relations au long cours, son charme et sa générosité – pendant la liaison, mais aussi au moment des ruptures – lui valaient une large cour d'admiratrices qui se succédaient si rapidement qu'il appelait toutes ses maîtresses *bella*, ma belle, afin d'éviter les impairs.

— Aussi, reprit-il, que cela vous plaise ou non, je continuerai de profiter des fruits de mon dur labeur et à faire la fête, car sans mon travail acharné nous serions de retour dans l'appentis de grand-père. J'ai sauvé cette compagnie deux fois, ainsi que vous le savez tous.

Aucun ne pipa mot. Dante avait en effet totalement pris les rênes et restructuré Romano Holdings après le scandale du divorce hautement médiatisé de son père, raison pour laquelle Luigi avait cessé d'être actionnaire majoritaire. Depuis, l'atmosphère entre eux était tendue.

À cet instant le téléphone de Dante, posé en mode silencieux sur la table, bourdonna. Le numéro du médecin de Rafael s'afficha.

Il s'y attendait depuis sa visite la veille au soir à son père, dans l'hôpital réputé de Florence où ce dernier était en traitement, pour discuter de son transfert dans un centre de soins palliatifs privé de Rome. C'était le lieu idéal car

Dante y était basé ; Stefano partageait son temps entre la capitale italienne et New York, et Ariana, qui dirigeait leur bureau parisien, y revenait chaque semaine. Rafael avait cependant exprimé le désir de rentrer dans la propriété familiale à Luctano, nichée au sein de ses chères vignes et des collines toscanes.

Soucieux d'adoucir les derniers jours de son père, Dante avait accédé à son souhait. Ils avaient les moyens de doter le manoir d'un équipement médical adapté à ses besoins, et il ne se trouvait qu'à une demi-heure en hélicoptère de Rome.

Les deux hommes étaient proches, mais cela n'avait pas toujours été le cas. Pendant l'enfance de Dante, Rafael et lui avaient eu une relation au mieux distante, probablement en raison de l'agenda très chargé de Rafael. À moins que cela n'ait eu un rapport avec l'ambiance souvent orageuse qui régnait au sein du foyer. La dynamique familiale avait changé après la naissance de Stefano et Ariana, alors que lui-même avait sept ans.

Les disputes entre ses parents avaient brusquement cessé. Peut-être grâce à l'amélioration de leur situation financière survenue avec l'essor rapide de la société. Ou, ainsi que Dante l'avait pensé, parce qu'il avait été envoyé en pensionnat à Rome, ville où les Romano venaient d'acquérir un appartement qui était vite devenu la résidence privilégiée de sa mère. Pendant les vacances, toutefois, Dante regagnait la propriété familiale où Rafael passait du temps avec lui, prenant plaisir à lui enseigner les subtilités de la vigne et du vin qui était sa passion et avait fait sa fortune. Ces moments passés ensemble étaient merveilleux.

Leur relation avait radicalement changé après l'année où Romano Holdings avait frôlé la faillite. Rafael s'était jusqu'alors consacré à la production, laissant le côté commercial à Luigi, un homme impulsif, au piètre sens des affaires, qui perdait trop de temps et d'argent dans les casinos. À vingt-cinq ans, Dante avait donc pris en main la gestion de la société. En plus d'un pouvoir certain, il y avait gagné en prime le respect de son père, qui avait pris peu à peu l'habitude de se confier à lui. Et ils étaient enfin devenus amis.

Mais l'arrivée de Mia Hamilton avait mis fin à cette parfaite entente.

Du jour au lendemain, cette jeune personne avait été promue d'assistante stagiaire au bureau de Londres au poste d'assistante personnelle de Rafael Romano, avant de devenir sa « belle-mère » ainsi qu'il s'entêtait à l'appeler.

Dante, qui n'avait jamais pu se résoudre à se montrer aimable envers elle, avait tout fait pour l'éviter. Si elle avait eu la décence de s'éloigner lorsqu'il rendait visite à son père à l'hôpital, il serait obligé de la côtoyer une fois ce dernier transféré à Luctano, ce qui le mettait en rage. Mais il ne s'agissait pas de lui, à présent. Son père avait le droit de finir sa vie en paix et il le respecterait, quoi qu'il lui en coûte.

Son téléphone se remettant à vibrer avec insistance, Dante se leva.

— Faisons une courte pause avant de reprendre cette réunion. Et pour votre gouverne, le sujet de ma vie amoureuse est clos.

Une fois dans son bureau, il rappela le médecin.

L'état de son père s'était brusquement détérioré.

Rafael Romano venait de mourir.

Un sang glacial déferla dans les veines de Dante. Il savait la mort de son père inéluctable, mais ne l'avait pas imaginée si imminente. Anéanti, il laissa son regard errer sur la basilique des saints Pierre et Paul, point culminant du quartier de l'EUR dont la construction avait commencé sous Mussolini pour s'achever des décennies plus tard, au moment de l'Exposition universelle de Rome qui lui avait donné son nom.

— Votre père n'a pas souffert, poursuivit le médecin. Tout est allé très vite. Son avocat était avec lui pour une consultation. Hélas, la *signora* Romano, qui arrivait à l'hôpital, n'a pas eu le temps d'atteindre sa chambre…

Que Mia Romano ait été présente ou pas auprès de son époux importait peu à Dante. Sous peu, elle serait totalement sortie de leurs vies. Ce qui le peinait en revanche était de savoir que son père était mort sans le soutien de sa famille, avec Roberto, leur avocat, pour seul compagnon de ses derniers instants.

— Ma mère a-t-elle été avertie ?

— Non. Vous êtes le premier. La *signora* Romano a préféré me laisser vous appeler.

Mia avait au moins compris cela !

Il l'avait haïe au premier coup d'œil.

Non, faux.

Au deuxième seulement.

À l'époque en effet, il avait entendu parler d'une liaison de son père, mais il s'agissait d'une simple rumeur à laquelle aucun nom n'était associé.

Jusqu'au jour où, en entrant un matin d'été dans le bureau de Rafael, Dante s'était trouvé face à une jeune femme aux épaules recouvertes de souples boucles blondes, aux grands yeux bleus ourlés de longs cils clairs, au teint délicieusement pâle et au corps moulé dans une robe couleur lavande dévoilant des jambes parfaites.

— Qui êtes-vous ?

— Mia Hamilton, avait-elle balbutié avant d'expliquer qu'elle était l'assistante personnelle de Rafael arrivée la veille de leur branche londonienne.

En temps normal, son italien sommaire aurait choqué Dante car dans leur société seules les personnes parlant couramment plusieurs langues accédaient aux postes proches de la direction, mais il était trop subjugué pour avoir les idées claires. Il ne pouvait que la fixer.

Elle avait soutenu son regard, si longuement qu'il ne pouvait dire combien de temps s'était écoulé ainsi. En revanche, il se souvenait encore de la légère rougeur qui avait envahi les joues de cette charmante apparition, de l'exquise tension qui s'était aussitôt installée entre eux.

Puis son père était entré.

Dieu merci, son père était entré !

Et tout élan avait aussitôt disparu.

Rafael avait aussitôt prié Mia de les laisser seuls. Au cours de la confrontation houleuse qui avait suivi son départ, Dante avait compris pourquoi ses compétences linguistiques si peu remarquables avaient été ignorées. Plus tard, il avait aussi découvert que, sous son apparence si charmante, Mia Hamilton était une personne déterminée, et impitoyable.

Le titre de maîtresse ne lui suffisait pas, elle visait celui d'épouse.

La presse s'en était donné à cœur joie. La séparation soudaine du célèbre couple Romano avait fait la une des quotidiens pendant des semaines, et les journalistes avaient dénigré avec délice la croqueuse de diamants responsable de cette rupture.

La Reine de glace, ainsi qu'elle était surnommée, n'avait jamais montré la moindre émotion. Même pas lorsque la future ex-épouse, Angela Romano, s'était effondrée en larmes au beau milieu d'une émission télévisée, au moment où l'animateur évoquait un éventuel divorce. Indifférente à la douleur qu'elle causait, la hautaine Mia Hamilton avait poursuivi sa vie, se laissant photographier en train de faire du shopping dans la célèbre Via Cola di Rienzo ou, pire, au bras de Rafael.

Dante ne s'était pas joint à la meute hargneuse de ses détracteurs. Son animosité envers Mia était beaucoup plus personnelle. Le traitement dédaigneux qu'il lui opposait relevait de l'autoprotection.

Il s'était appliqué à préserver les avoirs de leur société des griffes de cette tigresse et, même s'il se disait vouloir la voir à genoux, aux abois et suppliante, en vérité il rêvait d'elle *sur* ses genoux…

Angela ne s'était pas opposée au divorce. Six mois après qu'il eut posé pour la première fois les yeux sur elle, Mia Hamilton était devenue la nouvelle madame Romano. Aucun membre de la famille n'avait assisté au mariage. Lui-même s'était contenté de répondre à l'invitation avec un mot très bref : il avait toujours jugé cette institution sans intérêt, et plus encore à présent.

La mère de Dante vivait désormais de manière permanente à Rome. Quant à sa belle-mère, elle faisait claquer les talons de ses escarpins sur les sols en marbre du manoir familial en Toscane depuis que l'état de santé de son époux avait mis un terme à sa vie sociale dans la capitale. C'était bien là le seul point positif de la maladie de Rafael : pour cette usurpatrice, finies les sorties où arborer son corps à la plastique parfaite dans des tenues à donner le tournis aux hommes présents ! Le prestige accompagnant le titre de *signora* Romano lui avait été ôté et, dorénavant, elle n'en jouirait jamais plus !

Se rappelant soudain que son père venait de mourir, Dante chassa ces pensées incongrues, remercia le médecin pour son dévouement puis raccrocha.

Il s'accorda ensuite quelques minutes d'intimité, le temps de canaliser ses émotions. Malgré leurs différends, Rafael allait beaucoup lui manquer. Il avait méticuleusement organisé son propre enterrement dans la propriété familiale et Dante avait l'intention de respecter ses dernières volontés, mais dans l'immédiat, c'était à lui de prendre la direction des opérations.

Il appela son assistante.

— Sarah, demandez à Stefano et Ariana de me rejoindre dans mon bureau, s'il vous plaît.

— Bien sûr.

— Et à Luigi aussi.

À l'annonce du décès, les jumeaux âgés seulement de vingt-cinq ans eurent plus de mal que lui à dissimuler leur émotion. Stefano pâlit, serrant les poings à en blanchir ses articulations. Ariana, l'éternelle petite fille de son père, s'effondra en larmes. Luigi, seul représentant de sa génération dès lors que son frère aîné venait de disparaître, se laissa tomber sur une chaise, la tête entre les mains. Dante lui offrit l'hélicoptère de la société pour rentrer à Luctano avertir sa femme.

Ceci fait, il abandonna quelques instants son frère et sa sœur, retourna dans la salle de réunion pour avertir les membres du conseil et leur intima l'ordre de garder l'information pour eux. Il ferait une déclaration à la presse après avoir informé sa mère en personne.

— Pauvre maman ! sanglota Ariana dans la voiture qui emmenait les trois jeunes Romano chez Angela. Elle va être anéantie.

Dante lui passa un bras autour des épaules.

— Elle est forte. Elle a surmonté toutes les tempêtes de la vie jusque-là et nous serons à ses côtés.

— Oui, mais c'est elle qui aurait dû être avec lui au moment où il a rendu son dernier soupir, pas cette… créature !

— Tais-toi, Ariana. L'heure n'est pas aux reproches et notre belle-mère n'est pas responsable de la mort de papa. Essaie plutôt de te ressaisir avant…

Dante laissa sa phrase en suspens car ils arrivaient dans

la rue du quartier Villa Borghese où Angela logeait dans un luxueux penthouse, et il venait d'apercevoir un couple en train de pousser la porte de l'immeuble. Sa mère riait en inclinant la tête avec coquetterie ! L'homme avait un visage familier… Aucun nom toutefois ne se présenta à son esprit.

Soulagé de constater qu'Ariana avait la tête baissée et que Stefano était au téléphone avec sa fiancée Eloa, il donna l'ordre au chauffeur de faire le tour du pâté de maisons.

— Je veux réfléchir à la manière d'annoncer cette triste nouvelle à maman, expliqua-t-il comme les jumeaux tournaient vers lui des regards étonnés. Je préfère aussi l'avertir de notre arrivée.

Et surtout lui laisser le temps de se débarrasser de son amant !

Qui diable était cet homme ?

Dante était cependant trop stupéfait pour fouiller ses souvenirs. Que leur mère reprenne goût à la vie était normal, elle avait droit au bonheur après avoir été si brutalement abandonnée, mais il aurait préféré découvrir sa liaison en d'autres circonstances.

Il appela rapidement Angela.

Quelques minutes plus tard, lorsqu'elle leur ouvrit, Dieu merci, elle était seule.

— Dante ! Que me vaut votre visite impromptue ? demanda-t-elle avant de se figer à la vue des joues striées de larmes de sa fille et d'ajouter : Oh ! non !

— Si, maman.

Il la prit alors par les épaules pour l'emmener dans le salon, où il la fit asseoir.

— Il est parti sans souffrir, Roberto était en réunion avec lui. Je l'ai vu hier soir, il était joyeux, il m'a même raconté une blague…

— C'est moi qui aurais dû y être. Je n'ai même pas eu le temps de lui dire adieu.

Dante attira sa mère contre sa poitrine tandis qu'elle laissait libre cours à ses larmes. Quand elle se fut calmée, il lui fit part des dernières volontés de Rafael pour son enterrement à Luctano.

— Mais je ne suis pas retournée là-bas depuis…

L'annonce de sa liaison et le scandale qui l'avait suivie, compléta Dante en son for intérieur.

— Luigi et Rosa seront heureux de t'accueillir chez eux, à moins que tu préfères aller à l'hôtel.

Que sa mère soit contrainte de s'installer chez son ex-beau-frère, ou de prendre une chambre dans l'hôtel de charme bâti par sa famille pour accueillir leurs visiteurs et clients quand leurs affaires s'étaient développées au niveau international, était révoltant. Dante leur servit un cognac dans l'espoir de calmer sa subite colère.

— Dès que l'hélicoptère sera revenu de Luctano, j'irai à Florence rendre hommage à papa et faire les démarches nécessaires au transfert de son corps puis rentrerai dans la soirée. L'un de vous veut-il m'accompagner ?

Tous déclinèrent l'invitation.

— Dans ce cas, je vous tiendrai au courant des dispositions prises et nous partirons tous ensemble en Toscane la veille de l'enterrement.

— Tout cela est ma faute, sanglota Angela. J'aurais dû être une meilleure épouse, être plus compréhensive, supporter…

Dante fronça les sourcils. Sa mère avait déjà employé ces termes sans jamais approfondir sa pensée et n'était pas en état de le faire en cet instant car ses pleurs venaient de redoubler. Il la consola de son mieux.

— Tu n'y es pour rien, maman.

La responsable du naufrage familial était une autre !

Il appela Sarah et la chargea d'organiser son voyage.

— C'est comme si c'était fait, répondit-elle. Ne vous inquiétez pas, je nourrirai Alfonzo.

Oh ! Il avait oublié ce fichu chien. À cause de lui, il était obligé d'emmener ses maîtresses à l'hôtel pour ne pas qu'un vieux bichon maltais de trois kilos les effraie en leur montrant les dents.

Il la remercia et, une fois leur mère calmée, tous trois prirent congé.

Lorsque Dante arriva à l'hôpital, Mia avait quitté les lieux. Il ne s'attendait pas à la trouver en larmes au chevet de son mari, mais il fut heureux d'éviter une rencontre embarrassante.

Rafael Dante Romano avait un visage si paisible qu'il semblait dormir. Un vase d'orchidées blanches était posé sur sa table de chevet. Il n'y était pas la veille lorsqu'il lui avait rendu visite…

Il s'assit et posa une main sur celles de son père.

— Tu savais ta mort prochaine, hier, n'est-ce pas ? C'est pour cela que tu voulais rentrer à Luctano…

Soudain, sa voix craqua.

— Pourquoi diable a-t-il fallu que tu l'épouses ?

Dante ne faisait pas allusion à la douleur que le second mariage de son père avait causée à sa famille.

Il parlait du supplice que lui causait son désir pour la femme de son père.

2.

La veille de l'enterrement de Rafael Romano, bien au chaud dans la confortable suite aux citrons, Mia regardait par la fenêtre la nuit qui commençait à tomber sur le paysage si familier qui s'étendait à perte de vue sous ses yeux.

Le manoir des Romano était situé dans la province de Luctano, au cœur des fertiles collines toscanes. Les coteaux étaient couverts de rangs de vignes, tous parfaitement alignés et appartenant, à quelques rares exceptions près, à la famille. Le nom du nouveau propriétaire de la propriété serait révélé le lendemain lors de la lecture du testament, mais Mia savait déjà que ce ne serait pas elle, Rafael et elle étaient d'accord depuis toujours sur ce point.

Elle allait regretter cet endroit si paisible, la beauté du lieu, ses promenades journalières autour du lac, et les chevaux qu'elle chevauchait chaque matin. En particulier Massimo, celui de Rafael, qu'elle montait régulièrement depuis que lui-même était devenu trop faible pour le faire. Sa suite allait lui manquer aussi, si belle avec ses murs tendus de soie imprimée des petits agrumes qui lui avaient donné son nom, et ses délicats meubles anciens en marqueterie. Elle adorait passer les soirées d'hiver à lire, lovée sur le canapé de son salon face à un feu de bois dans la cheminée, et dormir dans son grand lit à baldaquin.

Cette suite était la sienne depuis son arrivée en Toscane, le refuge où elle s'était efforcée de surmonter sa tristesse pendant deux ans. Le temps avait fait son œuvre, mais il lui restait du chemin à parcourir avant de retrouver insouciance et joie de vivre. Abandonner cet endroit serait douloureux, elle l'aimait, mais c'était prévu ainsi. Il ne lui restait qu'une nuit à y passer. Le lendemain soir, elle serait dans un avion pour l'Angleterre.

Le cœur serré, Mia attendait l'arrivée des Romano avec une angoisse grandissante. Depuis son mariage, elle n'avait eu que le minimum de rapports avec eux, des moments toujours extrêmement embarrassants.

Elle s'arma de courage pour ceux à venir. Les derniers, certes, et probablement les plus difficiles car Rafael avait établi à l'avance le déroulement de ses obsèques. Cela impliquait sa présence ainsi que le respect des traditions, dont un dîner en famille la veille. Angela n'y participerait pas, avait-elle cru comprendre, mais les enfants de Rafael, son frère et sa belle-sœur plus quelques cousins seraient présents autour de la table.

Tandis qu'elle songeait aux épreuves incontournables des heures suivantes, Mia aperçut l'hélicoptère de Dante dans le ciel. Malgré sa panique à l'idée de devoir affronter la famille sous peu, elle fut soulagée de le voir se poser sans encombre car un fort vent accompagnait la pluie, rendant les conditions de vol difficiles. Un temps qui cependant n'avait rien d'anormal en ce mois de janvier. Elle espéra qu'il ferait meilleur le lendemain.

La première à descendre fut Ariana, toujours aussi belle. Et froide ! Du moins avec elle. Vinrent ensuite Stefano et sa superbe fiancée brésilienne, Eloa, qui s'écartèrent et s'abritèrent sous de grands parapluies noirs. Dante apparut en dernier, remarquablement séduisant. Quel dommage qu'il soit aussi si arrogant…

Mia serra nerveusement ses doigts, se préparant à voir sortir à son tour sa dernière petite amie en date. Grande fut sa surprise lorsque, au lieu d'une splendide créature, mannequin, actrice ou jeune femme de la haute société, elle le vit tendre la main pour aider Angela Romano, toute de noir vêtue, à descendre de l'appareil.

La veuve éplorée italienne typique.

Si seulement ils savaient !

Dante fit entrer sa mère dans une voiture qui démarra aussitôt. Stefano, Eloa et Ariana s'engouffrèrent dans une autre qui s'éloigna en direction du manoir tandis que lui-même, ayant probablement décidé de rentrer à pied, leva les yeux vers le premier étage de la maison. Mia s'empressa de reculer, même s'il était trop loin pour la voir.

De tous les Romano, celui qui la rendait la plus nerveuse était Dante, tant sa haine pour elle était palpable. S'il insistait pour que tout le monde parle anglais en sa présence, ce n'était pas par courtoisie. Il s'agissait d'un camouflet destiné à lui rappeler l'imperfection de son italien et, elle en était certaine, une manière de s'assurer qu'elle comprenne clairement les allusions peu flatteuses qui lui étaient destinées.

Mia redoutait de se retrouver face à lui.

À chacune de leurs rencontres, ses yeux noirs la scrutaient avec intensité, comme pour lui dire : « Je vois clair en toi. Tu n'aimes pas mon père. Tu ne l'as épousé que pour son argent. »

Le pire était qu'il avait raison.

Mais il ne connaissait pas l'entière vérité.

Et ne la connaîtrait jamais ! Mia avait été payée pour s'en assurer.

La mascarade de leur mariage n'était cependant pas la cause de sa nervosité en présence de Dante. La véritable raison résidait dans les émotions et sentiments peu familiers qu'il éveillait en elle. Et son inexpérience l'empêchait de les explorer, la poussant à éviter de le voir.

Mais dans les heures à venir, cela serait impossible.

Quelques minutes plus tard, Sylvia frappa trois coups discrets à la porte de la suite avant d'entrer.

— La famille proche vient d'arriver, *signora*. Ils sont dans le hall et attendent leur oncle et leurs cousins.

— Je vous remercie. Comment vous sentez-vous, Sylvia ?

La gouvernante haussa les épaules avec lassitude.

— Très triste. Inquiète aussi. Mon mari et moi…

Elle laissa sa phrase en suspens. Mia comprit. Cet adorable couple, au service des Romano depuis des années, devait craindre ce que leur futur leur réservait.

— Le *signore* Romano va beaucoup nous manquer, mais vous aussi.

Mia la remercia et, sur une impulsion, l'étreignit brièvement. Elle aussi avait du chagrin car Rafael était devenu un ami cher. Il allait lui manquer aussi, tout comme Sylvia et son mari qui avaient toujours fait preuve de tant de bonté à son égard.

— Je ferais bien de descendre les accueillir. Je prendrai l'apéritif avec eux, mais les laisserai dîner seuls si cela ne vous dérange pas de me monter un repas.

— Bien sûr, *signora*.

Cette fidèle employée en savait plus long que beaucoup sur la réelle situation de la famille Romano…

La gouvernante partie, Mia vérifia son apparence dans le grand miroir en pied : elle portait une robe noire très simple, agrémentée d'un collier de perles ayant appartenu à sa mère et, par respect, elle avait attaché ses cheveux en un chignon bas sur sa nuque. Rien qui soit susceptible de contrarier la famille de son mari. Une tenue appropriée pour une veuve en deuil.

Ne sachant trop comment se comporter, et doutant que les enfants Romano apprécient de se voir accueillis comme des invités, elle se rendit directement dans le petit salon où devait être servi l'apéritif et se tint devant la cheminée, les bras serrés contre sa poitrine. Tous la détestaient, persuadés qu'elle était responsable du divorce de leurs parents. Lors de leurs visites au cours des deux dernières années, ils s'étaient montrés froids et distants, mais c'était la première fois qu'ils venaient ensemble. Sans Rafael pour la soutenir et adoucir l'atmosphère, la situation allait sans doute être encore plus embarrassante.

Mia redressa les épaules quand elle entendit des bruits de pas derrière les épaisses portes et, s'exhortant au calme, prit une profonde inspiration. L'heure de la confrontation tant appréhendée était venue.

— Ma belle-mère est donc ici ! s'exclama Dante en entrant d'un pas de conquérant.

Mia serra les dents. Ne se départirait-il donc pas un instant de son arrogance ? Il ne prenait même pas la peine de faire preuve d'un semblant de politesse ou de compassion en cette période si triste. De toute façon, il ne l'avait jamais approchée, ne lui avait même jamais serré la main. À l'hôpital, dès son arrivée, il se tenait sur le côté de la porte pour l'inciter à sortir, sans surtout prendre le risque de l'effleurer.

Son dédain, voilà tout ce qu'il lui accordait. Un dédain si intense qu'il semblait l'envelopper, glacial, étouffant.

Il n'en avait pas toujours été ainsi. Lors de leur première rencontre, les yeux de Dante exprimaient tout autre chose. Quoi ? Elle n'en était pas certaine. Une étrange énergie avait circulé entre eux… Peu importait, c'était du passé. Depuis l'instant où son père avait annoncé leur liaison, l'attitude de Dante envers elle avait radicalement changé.

Comment un homme si beau pouvait-il se montrer aussi odieux ? Impeccable comme à son habitude, il portait un costume sombre sur une chemise blanche. Seuls la barbe naissante qui ombrait sa mâchoire et ses yeux légèrement rouges trahissaient son chagrin.

— Je suis profondément désolée du décès de votre père.

— Mais certainement pas de l'argent que vous avez et allez encaisser !

Mia préféra changer de sujet plutôt que de répliquer de manière cinglante.

— Vos suites sont prêtes, si vous souhaitez vous installer maintenant.

— Inutile. Les jumeaux dormiront chez mon oncle et moi, à l'hôtel.

Elle se le tint pour dit. De toute manière, Dante s'était déjà dirigé vers le bar pour se servir un verre de whisky.

— Les autres ne nous rejoignent pas ?

— Croyez-vous que nous ayons envie de deviser gaiement autour d'un apéritif ? demanda Dante avec un petit rire méprisant. Je ne le pense pas, aussi les ai-je envoyés directement dans la salle à manger. Nous avons à cœur de respecter la volonté de notre père, mais sommes pressés d'en finir avec le dîner afin de vous laisser… tranquille.

Mia sentit ses joues s'empourprer.

— Rafael souhaitait un dîner de famille et vous m'avez clairement fait comprendre que je n'en faisais pas partie, aussi n'ayez aucune inquiétude, je vais vous laisser.

— Pas question ! Mon père désirait nous savoir tous réunis à sa table. D'autre part, je dois vous faire part des modalités de la cérémonie de demain et n'aurai pas le temps de les répéter à chaque personne séparément car je partirai juste après le repas pour la veillée au salon funéraire.

— Qu'y a-t-il à expliquer ? Tout est déjà organisé.

— Il reste à préciser l'attribution des places dans les voitures ainsi qu'à l'église, à discuter de l'éloge funèbre, et du déroulement des opérations jusqu'à la lecture du testament. À moins que vous ne préfériez errer comme une âme en peine en essuyant des larmes de crocodile sans participer aux dispositions finales pour les funérailles de votre époux ?

Même si la dernière chose que souhaitait Mia était de dîner avec les Romano, elle n'avait pas le choix. D'ailleurs, Dante venait d'avaler son whisky d'un trait et de quitter la pièce sans attendre sa réponse.

Dante s'en voulut de cette pique finale, mais sortit sans un regard en arrière. Bien qu'il soit conscient d'être allé trop loin en laissant libre cours à son animosité, il n'avait pu se retenir. La voir debout à côté de la cheminée, si calme et digne, l'avait totalement déstabilisé.

Mia était ravissante. La douce lueur dansante des flammes parait son visage d'une aura quasi irréelle. Sa tenue sobre lui seyait autant que les robes du soir dont il l'avait souvent vue parée. Ses yeux cependant avaient perdu de leur éclat. Elle était visiblement triste, mais il doutait qu'elle ait versé la moindre larme sur son époux.

Entrer dans une maison en deuil, résonnant du son des lamentations et des pleurs ainsi que cela devait être le cas en cet instant chez son oncle et sa tante, aurait été plus simple. Au lieu de cela, il n'avait trouvé qu'un lourd silence dans le manoir.

Et la sollicitude de Sylvia, qui s'était efforcée de les entraîner tous dans le salon où Mia les attendait pour l'apéritif, ainsi que le voulait l'usage. La gouvernante et tout le reste du personnel adoraient et respectaient la nouvelle *signora* Romano. Il avait eu l'occasion de s'en rendre compte à chacune de ses visites.

Au diable cette usurpatrice ! songea-t-il en pénétrant d'un pas ferme dans la salle à manger.

— Elle ne vient pas, c'est ça ? demanda Ariana en le voyant. On s'en doutait !

— Non, elle va nous rejoindre, je pense.

— Quel toupet !

— Ça suffit, Ariana ! lança-t-il sèchement, pris du soudain besoin de défendre Mia.

Dante n'aimait pas la mentalité de coalition, d'attaque groupée, il en avait suffisamment fait les frais au travail comme au sein de sa famille. Lui-même gérait toujours ses problèmes de front, faisait part à son opposant de ce qu'il avait sur le cœur, et il ne laisserait pas les siens se liguer contre Mia alors qu'elle allait se trouver seule contre eux tous.

Lorsqu'elle les rejoignit, il admira sa dignité et se rendit compte que, même dans la douleur, il la désirait toujours comme un fou.

3.

Mia traversa la salle à manger sous les regards appuyés des membres de la famille, pour s'asseoir à sa place habituelle, en bout de table, face à celle de Rafael laissée inoccupée par respect pour le défunt.

Elle restait la maîtresse de maison, même si tous la détestaient pour cette raison, et elle était bien décidée à se comporter avec dignité jusqu'au bout.

Dès que Mario, le mari de Sylvia, eut servi le vin – un des meilleurs crus de la propriété –, Dante porta un toast.

— *Dei morti si parla solo bene.*

Bien que blessée de l'entendre s'exprimer en italien en sa présence, Mia comprit le sens de ses paroles ; en Angleterre aussi, on parlait toujours en bien des morts. À l'instar de tous, elle prit une gorgée du sombre liquide sans vraiment en apprécier la qualité tant sa nervosité était grande.

Stefano leva à son tour son verre. Mia ne comprit pas ce qu'il dit, mais but à la santé du défunt, comme les autres. Puis ce fut au tour de Luigi qui parla en la fixant droit dans les yeux.

— *Dove c'è un testamento, c'è un parente.*

Encore une phrase classique des veillées mortuaires. Quand il y a un testament, il y a un parent. Il n'aurait pu lui dire plus clairement qu'elle avait épousé Rafael pour son seul argent. Mia encaissa le coup mais s'abstint de lever son verre. Elle croisa alors le regard de Dante et crut y lire une trace de compassion… qui devait s'y trouver car il déclara d'un ton très sec :

— Ceci est vrai, Luigi, et tu seras sans aucun doute présent demain à la lecture des dernières volontés de mon père.

Puis, s'adressant à la tablée entière cette fois, il poursuivit :

— Vous y êtes tous conviés.

Mia, qui ne s'était pas attendue au soutien de Dante, lui en fut reconnaissante, même si elle n'osa pas le montrer.

Elle se sentait toujours mal à l'aise en sa présence. Il avait le don d'exacerber la sensation qu'elle avait d'elle-même, de son corps et de ses mouvements, si intense qu'elle en perdait tout esprit de repartie.

Tandis que Sylvia et Mario arrivaient avec l'entrée – des raviolis à la crème de truffes –, Dante reprit.

— Le dernier souhait de mon père était de faire un ultime tour de sa propriété. Le cortège partira donc demain à 11 heures derrière le corbillard.

Se tournant alors vers Mia, il ajouta :

— Vous serez dans la voiture de tête.

— Avec qui ? demanda-t-elle, paniquée à l'idée d'y être seule.

— Ceux que vous avez invités pour vous apporter leur soutien dans cette épreuve. Je serai dans le véhicule suivant avec Ariana, Stefano et Eloa.

Il énumérait les places de chacun dans le cortège lorsque sa sœur l'interrompit.

— Tu n'as pas nommé maman. Elle a sa place parmi nous aussi.

— Allons, Ariana, répondit Dante avec une certaine impatience. Angela est tellement à bout de nerfs qu'elle tient à peine debout. Elle attendra l'arrivée de la procession assise dans l'église.

— Ce n'est pas normal, papa et elle ont été mariés plus de trente ans.

— Assez ! Ce n'est pas à toi de décider.

Ariana jeta ses couverts dans son assiette, se leva en repoussant sa chaise avec fracas et s'élança hors de la pièce. Quelques minutes plus tard, ils entendirent une voiture démarrer. Elle était partie rejoindre sa mère.

Des murmures suivirent, choqués ou compatissants, Mia n'aurait su dire, puis tous finirent leur entrée en silence.

Dès que Dante eut terminé, il reprit la parole.

— La procession longera d'abord les étables, puis fera le tour des vignes et des résidences privées du domaine avant de décrire une large boucle autour des champs de coquelicots. Cela permettra au personnel de rendre hommage à Rafael sur la propriété avant de se rendre à l'église.

Cela durerait plus d'une heure, pensa Mia car, bien qu'une majorité du terrain initial des Romano appartienne désormais à la société, Rafael en possédait encore en propre une importante partie. L'idée d'être seule si longtemps dans le véhicule de tête, juste derrière le corbillard, l'épouvantait.

Sylvia, venue débarrasser les assiettes, dut sentir son malaise car elle lui serra discrètement l'épaule. Son geste n'échappa pas à Dante qui fixa Mia. Réprouvait-il cette marque de familiarité ? Ce ne fut pas l'impression qu'il lui donna, car son regard était… bienveillant. Tellement différent de ceux qu'il lui avait accordés depuis son arrivée qu'elle n'entendit rien de la conversation reprenant autour de la table. Soudain, il n'y avait plus qu'elle et lui.

Pendant deux ans, Mia s'était montrée aussi discrète que possible, s'efforçant d'ignorer l'aîné des Romano, ainsi que l'espèce de fourmillement qui lui parcourait la peau dès qu'il apparaissait, en général accompagné d'étranges sensations plus profondes, plus subtiles surtout. En cet instant cependant, elle ne pouvait rien ignorer car elle sentait une douce chaleur se diffuser dans ses veines, lui colorer les joues, lui enflammer le corps. Et, pour une fois, n'ayant pas envie de baisser les yeux de crainte de voir disparaître cette agréable manifestation, elle soutint son regard.

L'arrivée du plat de résistance, un cochon de lait à la broche servi avec des petits légumes, détourna son attention. Pendant ce qui ressemblait fort à un bref moment d'intimité troublante, l'atmosphère autour de la table était devenue tendue. Un désaccord était né entre les participants, que Luigi demanda à Dante de régler.

— Où as-tu prévu de faire asseoir Angela à l'église ?

— Elle choisira la place qui lui convient.

— Mais sur quel banc ? Les enfants de Rafael devraient être sur le premier, avec leur mère.

— Mia y sera assise. Le protocole veut que l'ex-épouse fasse preuve de discrétion et reste derrière…

À la manière dont il termina sa phrase d'un ton traînant, Mia devina que lui-même doutait de voir sa mère se comporter avec discrétion, et remarqua que pour la première fois, il venait de l'appeler par son prénom.

Un brouhaha s'éleva autour de la table qu'il interrompit d'un claquement de mains.

— À l'issue de la cérémonie, l'enterrement aura lieu dans le cimetière familial près du lac. Seuls ses enfants et sa… femme actuelle y assisteront. C'est là le désir de papa. Je n'accepterai aucun commentaire. Ensuite, nous vous retrouverons ici pour une collation suivie de la lecture du testament.

Personne n'osa piper mot.

— À propos de l'éloge funèbre que je dois prononcer, déclara-t-il, s'adressant à Mia seule cette fois, chaque membre de la famille m'a dit à Rome ce qu'il souhaitait me voir y inclure. C'est votre tour, à présent.

Affreusement gênée de voir les regards converger vers elle, Mia se hâta de répondre.

— Votre père et moi nous sommes déjà fait nos adieux. Je suis certaine que votre discours sera parfait.

— Vous ne voulez donc rien me voir ajouter de votre part ?

Elle secoua la tête en silence tandis que Luigi la regardait avec un tel mépris qu'elle le crut sur le point de lui lancer son verre à la figure. Au lieu de cela, il recula sa chaise d'un geste exaspéré.

— Je vais de ce pas au salon funéraire. Tout plutôt qu'un moment de plus dans cette atmosphère… nauséabonde !

— Je t'accompagne, lança Stefano en faisant signe à Eloa de le suivre. Tu viens, Dante ?

— Non, j'ai d'autres points à régler d'abord.

— Dans ce cas, je reviendrai te chercher plus tard.

Après s'être concertés, les cousins décidèrent de se passer eux aussi de dessert et partirent à leur tour, non sans avoir jeté à Mia des coups d'œil lourds de sous-entendus.

Seul Dante resta assis.

— Eh bien, ça ne s'est pas trop mal passé, lança-t-elle avec un rire nerveux.

— Ça ne pouvait pas bien se passer. Je me demande à quoi s'attendait mon père en nous demandant de dîner tous ensemble.

— Moi aussi, répondit Mia, mais à propos de l'église, cela ne me dérange pas que votre famille s'installe au premier rang, avec moi ou seule, je peux m'asseoir au second.

— Il n'en est pas question. Je vais parler à ma mère. Je tiens cependant à partager un souci avec vous. Je n'ai jamais eu de problème pour prononcer un discours, mais dans la situation qui est la nôtre, c'est plus délicat. Devrais-je mentionner combien papa et vous étiez heureux ensemble, ou qu'il avait trouvé l'amour de sa vie ? Vous avez certainement une idée à me donner.

Mais Mia n'en avait pas. Tout ce qu'elle savait aurait anéanti les proches de Rafael. Alors, au risque de passer pour une sans-cœur, elle secoua à nouveau la tête.

— Ainsi que je vous l'ai dit, nous nous sommes fait nos adieux en privé.

Le regard soudain dédaigneux de Dante lui glaça le sang. Prise de panique, elle posa sa serviette sur la table et se leva.

— Je vous prie de m'excuser.

— Vous n'avez pas besoin de ma permission pour quitter la table, Mia, mais je vous en prie, ne vous gênez pas pour moi. Fichez le camp !

Elle ne se le fit pas dire deux fois. Dans la seconde suivante, elle montait quatre à quatre les marches conduisant à sa suite. On ne la reprendrait pas à partager un repas avec cette famille !

Maudit soit Dante !

Arrivée dans la suite aux citrons, qui avait abrité tant de ses soirées solitaires, Mia prit une douche, enfila une nuisette puis se coucha. Malgré son désir de s'évader grâce à la lecture, il lui était impossible de se concentrer. La perspective de l'enterrement la paniquait. Des images de ses parents morts s'imposèrent à son esprit.

Soudain nauséeuse, elle eut envie d'une tisane. Mais Dante étant encore en bas, mieux valait attendre son départ. D'un côté, elle espérait le voir partir au plus vite, mais de l'autre, l'appréhendait tout autant car cela voudrait dire qu'il n'y aurait plus qu'elle dans le manoir. Or depuis le décès de Rafael, Mia était terrifiée la nuit. Sylvia et Mario habitaient une maison voisine, mais elle n'avait pas osé leur avouer sa peur des fantômes. Il était donc hors de question de dormir un soir supplémentaire ici, surtout avec Rafael enterré dans la propriété.

Ses valises étaient prêtes et dès la lecture du testament achevée, elle partirait pour l'aéroport.

De toute manière, les Romano n'attendaient que ça.

Mia s'efforçait de reprendre le fil de sa lecture lorsqu'une voiture s'arrêta devant le manoir. Stefano venait enfin chercher Dante ! Elle posa son livre et attendit d'entendre la porte d'entrée claquer et le bruit des pneus sur le gravier s'éloigner pour enfiler un peignoir de soie et sortir de sa suite. Une fois toutes les lumières du couloir allumées, histoire de se rassurer, elle descendit très vite l'escalier, sursautant à chaque craquement des marches. Elle ouvrit la porte de la cuisine et se figea. Dante était assis à la table, un verre de whisky à la main.

— Oh ! s'exclama-t-elle. Je vous croyais parti.

— J'ai changé d'avis et viens d'avertir mon frère que je n'assisterai pas à la veillée. J'ai vu mon père le jour de sa mort, je souhaite rester sur ce souvenir.

Mia le comprenait. Passer des heures face à un cercueil ouvert dans un salon funéraire était une épreuve terrible.

— J'étais descendue me préparer une tisane. En voulez-vous une ?

— Non, je ne vais pas tarder à rentrer à l'hôtel. Tant que vous êtes là, je vous informe d'un léger changement au programme : Stefano tient à avoir Eloa à ses côtés pendant l'enterrement.

— C'est normal, répondit Mia avant de remarquer l'air désapprobateur de Dante et d'ajouter : En quoi cela vous dérange-t-il ?

— Elle n'a rien à y faire. Mon père voulait être accompagné de ses enfants, pas d'une petite amie de passage.

— Elle n'est pas de passage. Ils sont fiancés et doivent se marier.

— Eh bien, espérons que Roberto leur dressera un contrat prénuptial en béton.

— Il ne vous est pas venu à l'idée qu'ils puissent être amoureux ?

— Que Dieu les en préserve ! L'amour ne cause que des problèmes. Quant au mariage, c'est une institution désuète et inutile.

— Je vous trouve bien cynique.

— Dit la jeune veuve la veille de l'enterrement de son riche mari !

Il n'avait pas pu s'empêcher de lui lancer une pique. Quel goujat !

Elle lui tourna le dos sans répondre et alluma la bouilloire électrique.

Dante remarqua le léger tremblement des mains de Mia tandis qu'elle disposait une tasse, la théière et le sucrier sur un plateau, étonné qu'elle n'ait pas dérangé Sylvia pour se faire servir dans sa suite. Il l'aurait plutôt crue du style à se prélasser dans son lit et à sonner un domestique. Et de là à l'imaginer alanguie, dépouillée du peignoir qui moulait ses délicieuses formes féminines, il n'y avait qu'un pas qu'il franchit allègrement !

Stupéfait, il s'efforça de chasser les images qui venaient d'envahir son esprit en avalant d'un trait une gorgée de whisky, puis il traversa la pièce et alla se planter devant la porte vitrée. Que lui arrivait-il ? Avant le décès de son père, il s'était toujours arrangé pour éviter sa belle-mère, or en arrivant au manoir il était allé la trouver dans le salon au lieu de la faire avertir par Sylvia et à présent, il s'éternisait dans la cuisine quand en temps normal il en serait sorti dès son apparition !

Question de courtoisie, décida-t-il en reportant son

attention sur le jardin, et il allait devoir reprendre ses distances avec elle. Mais il faisait si noir dehors que son reflet lui apparut comme dans un miroir. Mia se tourna soudain et croisa son regard dans la vitre.

— Dante, je ne souhaite pas être seule dans la voiture de tête du cortège.

— Ce n'est pas une punition, c'est votre place. Vous êtes la femme de mon père. Si être seule vous gêne tellement, pourquoi n'avez-vous pas invité votre famille à vous accompagner ?

Il se tut, se souvenant d'une confidence de son père. Les parents de Mia étaient décédés.

— Vous avez certainement des amis qui auraient été heureux de vous soutenir, poursuivit-il. À moins qu'ils aient refusé de se prêter à votre mascarade de veuve éplorée. Et votre frère, pourquoi n'est-il pas là, d'ailleurs ? Il n'est pas venu assister au mariage, mais vous êtes rentrée en Angleterre pour le sien. Craigniez-vous en l'invitant ici qu'il dévoile un de vos secrets ?

Dante se tourna alors vers elle et remarqua que ses yeux brillaient. La première trace d'émotion qu'elle exprimait depuis qu'il la connaissait. Cela le toucha. Une brusque envie le saisit de l'attirer dans ses bras, mais il s'en voulait déjà suffisamment de la désirer sans en plus se créer un souvenir apte à le priver de sommeil toute la nuit.

Au diable son perpétuel désir qui, loin de diminuer après leur première rencontre, n'avait fait qu'empirer ! Le réprimer une fois de plus n'arrangea pas son humeur.

— Que pensiez-vous, Mia ? Que nous allions entrer ensemble dans l'église telle une famille unie ? Allons, ne me faites pas rire !

Mais aucun d'eux ne rit.

— Prenez votre tisane et allez donc vous coucher.

Se rendant compte alors qu'il venait de la congédier sous le toit qui était encore le sien, il grommela :

— Ce n'est pas ce que je voulais dire. Faites ce que vous voulez, je vais partir.

Elle saisit son plateau.

— Vous pouvez rester, je remonte.

— Nous quitterons le manoir à 11 heures demain matin, lança-t-il tout en comprenant qu'il l'en avait déjà informée à table.

Une manière d'atténuer sa brutalité précédente ? Il préféra ne pas se pencher sur la question.

Mia traversa la pièce et, arrivée à la porte, se tourna vers Dante et lui adressa un sourire pincé.

— Je sais.

Leurs regards se croisèrent, se soutinrent avec la même intensité que pendant cet instant si spécial, au cours du dîner. Ses yeux noirs la fixaient, plein de mépris probablement, mais son corps l'interpréta autrement. Elle ne vit plus que sa bouche soudain très sensuelle au milieu de son visage grave.

Bien qu'ayant toujours été consciente du pouvoir de séduction de Dante, Mia n'avait jamais ressenti son impact sur elle avec une telle force avant cette soirée. À présent, elle sentait l'atmosphère vibrer entre eux. Deux mots lui vinrent à l'esprit : attraction magnétique. Suivis immédiatement d'autres, plus lourds de sens : désir inapproprié. Ses seins lui semblaient si lourds qu'ils en étaient presque douloureux. Un brusque afflux de sang se déversa dans ses veines, rendant ses jambes flageolantes, lui enflammant le ventre. Paniquée à l'idée de ce monde inconnu dont les portes venaient de s'ouvrir, béantes, elle marmonna d'une voix qui lui parut affreusement rauque :

— Bonne nuit.

De retour dans sa chambre, Mia n'eut que le temps de poser son plateau sur la table de nuit avant de s'effondrer sur son lit, le cœur battant à tout rompre. Elle avait longtemps pensé être différente des autres femmes. Anormale même tant son indifférence envers les garçons était grande. L'intérêt de ses copines pour eux la stupéfiait, et les entendre parler de ce qu'ils faisaient ensemble la répugnait. Inquiète de ne rien ressentir à leur égard, elle s'était forcée à sortir avec quelques-uns. Le remède avait été pire que le mal. Se laisser embrasser était déjà un effort, et chaque fois que son partenaire avait tenté d'approfondir le baiser, elle avait fui, révoltée.

Bien que son mariage avec Rafael lui ait donné une chance unique de guérir son cœur brisé après l'épouvantable malheur qui avait frappé sa famille, il lui avait surtout permis d'éviter de se pencher sur son problème avec les hommes.

Leur union, jamais consommée selon un accord mutuel, avait été une véritable bénédiction.

Pourtant, alors que Mia venait de prendre son poste d'assistante, et que la rumeur soigneusement orchestrée de leur liaison avait commencé à se répandre, Dante était arrivé. Il avait suffi d'un regard pour lui ouvrir les yeux. Elle aussi pouvait ressentir des émois face à un homme.

Et quels émois !

En moins de temps qu'il ne fallait pour le dire, une question posée de sa voix grave l'avait fait frissonner de la tête aux pieds, clouée sur place.

En un éclair, Mia avait pensé au génie qui avait offert trois vœux à Aladin et formulé les siens :

Lui.

Lui.

Lui.

Sa mission cependant ne se limitait pas au secrétariat de Rafael, elle était venue à Rome pour l'épouser. Avec l'accord d'Angela.

Ce qu'elle avait ressenti face à Dante avait été tellement déroutant qu'elle avait envisagé de renoncer, mais c'était impossible car le premier versement du contrat avait été effectué et la somme était déjà dépensée.

Mia avait alors minimisé sa réaction, décidant qu'il s'agissait – avec une décennie de retard – d'un béguin d'adolescente.

Pourtant, le temps passant, elle éprouvait toujours le même émoi en sa présence et ne savait pas comment le faire disparaître.

À présent, elle était totalement déstabilisée car, par deux fois dans la soirée, les regards de Dante avaient exprimé autre chose que son rejet habituel. Allongée dans son lit, elle rêvait de sentir sa bouche sur la sienne, son grand corps l'envelopper. Il monopolisait ses pensées avec une telle insistance qu'elle ferma les yeux pour l'en chasser. En vain.

Tout son être le réclamait avec une intensité jusque-là insoupçonnée.

Mia en gémit de dépit.

C'était une calamité.

C'était mal sur tous les plans.

Il la détestait, se rappela-t-elle dans l'espoir d'enrayer le feu qui la consumait.

Elle ouvrit les yeux, but lentement sa tisane et éteignit la lampe.

Plus qu'une journée à passer à Luctano. Le lendemain soir, elle ne serait plus un trophée, elle redeviendrait Mia Hamilton et reprendrait du mieux possible le fil de sa vie.

Jamais plus Mia n'aurait à poser les yeux sur Dante Romano.

4.

Il menaçait de neiger, songea Mia à la vue de la teinte rose du ciel, en ramenant Massimo à l'écurie. Depuis la maladie de Rafael, connaissant son amour pour cet étalon murgese, une race italienne originaire des Pouilles, une région qu'il affectionnait, elle avait pris l'habitude de le monter chaque matin et s'était attachée à lui. En dépit de sa taille, Massimo était un cheval doux et obéissant.

Mais aujourd'hui, il était triste.

— Ils sentent ce qui se passe autour d'eux, dit le palefrenier alors qu'elle lui tendait les rênes.

— Absolument.

Giovanni l'était visiblement aussi. Triste et inquiet, comme tout le personnel du manoir depuis que tous avaient appris l'imminence du décès de leur patron.

Leur sort serait connu à l'issue de l'enterrement. Mia ignorait les dispositions prises par Rafael pour eux.

Il avait probablement légué la propriété à ses enfants, mais elle n'imaginait aucun d'entre eux s'y installer. Ils y viendraient quelques jours par an, comme ils se posaient dans les résidences familiales éparpillées aux quatre coins de l'Europe, pas plus longtemps. Qui allait prendre soin de cet endroit enchanteur, des employés et des chevaux ? Cela était encore un mystère.

Elle-même était triste d'abandonner le manoir, les gens, le lieu qui avait abrité ses deux dernières années.

Après une dernière caresse à Massimo et un au revoir au palefrenier, elle s'éloigna vers la maison, tenant à la main une orchidée blanche cueillie au cours de sa promenade.

Constatant que de nombreuses voitures étaient déjà garées devant la demeure, Mia monta en toute hâte dans sa suite pour se doucher.

— Les Castello sont venus en avion de Florence puis en hélicoptère jusqu'ici, lui annonça Sylvia, venue lui monter son petit déjeuner. Ils avaient demandé à utiliser l'héliport, or Dante avait refusé car il est réservé à la famille, mais Gian De Luca vient juste de s'y poser ! Maintenant qu'il est duc, il se croit tout permis.

— J'ignorais qu'il possédait ce titre.

— Il ne l'utilise pas.

Mia était reconnaissante à Gian qui, bien qu'ami avec Dante, avait été un des rares proches de la famille Romano à assister à leur mariage dont la réception s'était tenue dans un hôtel qu'il possédait à Rome : le Fiordelise. L'homme avait cependant une réputation de séducteur pire encore que celle de Dante.

— Regardez, son hélicoptère avec le logo doré de leurs hôtels peint en grand sur la queue ! poursuivit la gouvernante. Quel manque de respect de la part des Castello ! Où se posera celui des Romano quand il viendra les chercher ? Heureusement, Dante sait se montrer diplomate lorsque les circonstances l'exigent, et il veillera au bon déroulement de la journée. Il garde toujours son calme.

Ce n'était pas le cas de Mia qui, en dépit des apparences, se sentait à bout de nerfs, tremblante et nauséeuse. Elle se força à manger puis avala un comprimé contre le mal des transports. Il n'était pas question d'être malade pendant la procession autour de la propriété.

Si cela calma son estomac, sa nervosité n'en disparut pas pour autant. C'était le premier enterrement auquel elle assistait depuis celui de ses parents et celui-ci lui revint en mémoire.

Trois ans plus tôt, ils étaient partis passer une semaine de vacances en famille aux États-Unis avant qu'elle prenne son premier poste. Ils avaient visité New York de fond en comble, étaient allés au théâtre à Broadway puis, le dernier jour, son père avait tenu à louer une voiture pour aller découvrir le Connecticut. Elle lui avait rappelé les problèmes que lui avait causés la conduite à droite en France, en vain. Paul Hamilton avait refusé de renoncer à une balade à la campagne, et sa femme Corinne avait écarté les inquiétudes de Mia.

C'était une magnifique journée de printemps. Tout avait été parfait jusqu'au retour. Comme la nuit tombait, son père, gêné par les phares d'une voiture, avait perdu le contrôle de leur véhicule qui s'était encastré sous celui arrivant en sens inverse. Ses parents étaient morts sur le coup, son frère gisait inanimé, et elle avait attendu une demi-heure l'arrivée de l'équipe de secours avant d'être désincarcérée.

Des instants épouvantables pendant lesquels elle avait cru sa dernière heure venue.

Étant la seule valide, Mia avait dû s'occuper des formalités d'hôpital par la suite. L'assurance médicale de ses parents couvrant les accidents arrivés à l'étranger avait pris en charge frais et rapatriement des corps. La sienne, achetée en même temps que son billet, l'avait couverte. Son frère en revanche avait négligé cette protection, or ses soins avaient été les plus coûteux. Le déplacement d'une équipe de traumatologie, suivi d'un séjour de trois mois dans une unité spécialisée en chirurgie de la colonne vertébrale et son retour en avion médicalisé, car il était resté paralysé à partir de la taille, étaient venus à bout de leurs économies. Elle avait même dû vendre en catastrophe la maison de leurs parents en Angleterre.

Malgré cela, ils s'étaient endettés pour des années. Une fois à Londres, Mia, dont le poste avait été réattribué en son absence, avait postulé chez Romano Holdings et y avait été acceptée comme stagiaire. Elle rendait journellement visite à Michael, placé dans un établissement de rééducation hors de prix et, pendant son peu de temps restant, avait commencé à apprendre l'italien dans l'espoir de se voir offrir une place permanente dans la société.

Mia, en deuil, épuisée et souffrant de voir son frère en proie à une profonde dépression, venait de recevoir un appel de la banque et de s'effondrer en larmes à son bureau lorsque Rafael Romano, de visite au siège londonien, était entré.

— Que vous arrive-t-il, Mia ?

Elle avait expliqué sa situation précaire.

La sollicitude de Rafael l'avait touchée et la touchait encore plus avec le recul. Cet homme, lui-même à l'époque aux prises avec une maladie incurable – dont personne n'avait encore eu vent – et sur le point de demander le divorce, s'était soucié d'elle, l'avait réconfortée puis dépannée avant de lui proposer une solution à ses problèmes financiers.

Et voici comment, plus de deux ans plus tard, elle se préparait pour l'enterrement de son cher Rafael…

Mais en cette matinée, alors que Mia aurait dû pleurer ce merveilleux compagnon, le souvenir de ces moments où elle était prise au piège dans l'habitacle d'une voiture la submergeait.

Elle entendait encore la voix de sa mère lui disant de s'accrocher, que les sauveteurs allaient la sortir de là, qu'elle l'aimait…

Or le rapport de police était formel. Corinne Hamilton avait été tuée au moment de l'impact.

C'était cette précision qui terrifiait Mia, car si elle n'avait jamais cru aux fantômes dans son enfance, à vingt-quatre ans, elle savait à présent qu'ils existaient.

L'un d'eux lui avait parlé.

Incapable de supporter sa peur plus longtemps, Mia s'exhorta au calme et s'habilla.

Chaque pièce de sa tenue était noire et neuve. Les sous-vêtements, les bas ainsi que la robe en cachemire. Celle-ci se révéla être un choix peu judicieux en raison de la multitude de minuscules boutons en nacre qui la fermaient et dont ses doigts tremblants eurent du mal à venir à bout.

Mia n'appliqua aucun maquillage, laissant même ses cils si clairs sans mascara. Plus par respect des traditions locales que par crainte de le voir couler en pleurant, ce qui lui arrivait rarement. Elle ne se souvenait d'ailleurs même pas de la dernière occasion où ses larmes avaient coulé car dans les occasions dramatiques, ses yeux restaient désespérément secs. Elle rassembla ses cheveux blonds – seule tache claire dans cette symphonie sombre – en un sage chignon, mais ne mit aucun bijou. Seules son alliance et sa bague de fiançailles ornaient ses doigts, mais elle les ôterait le soir même et les laisserait dans sa suite en partant.

Peu avant 11 heures, elle prit l'orchidée rapportée de sa promenade matinale et quitta sa chambre. Du palier, elle vit la famille assemblée dans l'entrée en train de discuter à voix basse. Dieu merci, Angela n'y était pas. Probablement pour rester fidèle à sa déclaration de ne pas mettre un pied dans le manoir tant que cette « dévoyée » y serait. Mia était cependant quasi certaine qu'elle ferait une exception pour la lecture du testament !

Angela ne l'impressionnait pas, et Mia avait toujours gardé pour elle son opinion sur la première *signora* Romano. En fait, c'était Angela qui avait orchestré cette mascarade, tout en se complaisant dans le rôle de victime qu'elle jouait de manière si prononcée que c'en était presque caricatural.

En ce qui la concernait, le décès de Rafael mettrait fin à cette comédie, mais il lui restait encore une journée à supporter en silence les sarcasmes de la famille. Quelques heures avant de recouvrer sa liberté.

Comme elle atteignait les dernières marches de l'escalier, les murmures cessèrent tandis que Dante déclarait haut et fort :

— Ma belle-mère est enfin là !

Bien que conscient de son ton sec, cruel même, Dante ne fit rien pour l'adoucir. L'agressivité restait sa seule arme contre Mia. Chaque fois qu'il se trouvait en sa présence, il devait constamment se rappeler le tort qu'elle avait causé à sa famille pour conserver une attitude glaciale. Se rappeler aussi que l'épouse de son père était et resterait toujours hors de portée pour lui.

Pour la première fois, Mia lui lança un regard hargneux. Il n'eut cependant pas le loisir de réagir, car Ariana tourna ostensiblement le dos à leur belle-mère en levant les yeux au ciel.

Dante en fut blessé pour Mia, si pâle, si seule au milieu d'eux. Il réprima une brusque envie de voler à son secours.

Il refusait de la laisser l'apitoyer.

Il refusait de se soucier d'elle.

Il la détestait.

— Très bien, lança-t-il d'un ton toujours aussi sec. Rejoignons les voitures.

Et il s'écarta pour laisser Mia descendre avant eux les marches du perron, puis se dirigea vers la deuxième voiture du cortège, suivi par sa sœur, son frère et la fiancée de ce dernier. Jetant un regard vers le premier véhicule, il aperçut sa jeune belle-mère figée devant la portière que Mario lui tenait ouverte.

Elle avait l'air perdue, hésitante, prête à faire demi-tour et à rentrer dans le manoir.

Il sentit son cœur se serrer.

En dépit de ce qu'il lui avait dit la veille au soir dans la cuisine, la laisser faire le trajet seule était une punition, un affront, même. Cela faisait d'elle une exclue, clamait qu'elle ne faisait pas partie de la famille.

Ils ne lui avaient jamais donné la moindre chance.

Même si Dante était certain que Mia avait épousé son père par appât du gain, il se demanda soudain s'il n'y avait pas eu d'amour entre eux. Rafael était si attentionné envers sa femme, si doux, prévenant. Tendre, même…

Il revit ses yeux bleus brillant de larmes retenues, entendit la peur dans sa voix quand elle avait souhaité ne pas être seule en voiture.

— Montez ! lança-t-il aux jumeaux et à Eloa. Je vais avec Mia.

— Je t'en prie ! railla Ariana. Laisse donc la Reine de glace jouer les veuves éplorées pour son seul bénéfice. Pourquoi ce revirement, d'ailleurs ?

Sans prendre la peine de répondre, Dante rejoignit la première voiture dans laquelle Mia avait fini par entrer.

Elle sursauta lorsqu'il ouvrit la portière et s'assit sur la banquette arrière.

— Que se passe-t-il ? Ai-je commis un impair ?

— Non, mais présenter un front plus uni en cette triste journée me semble préférable.

— Merci, murmura Mia.

Elle était visiblement soulagée de ne pas être seule, mais paraissait sur le qui-vive.

Lorsque le cortège passa devant les écuries, Dante serra les poings en voyant le palefrenier en costume noir tenir les rênes de Massimo. Son père tenait à son cheval comme à la prunelle de ses yeux. Bizarrement, cet animal si calme se mit à piaffer et à lever la tête en hennissant au passage du corbillard.

Un peu plus loin, le chef jardinier ôta son chapeau en signe de respect quand ils arrivèrent à sa hauteur, tout comme Mario qui avait passé un bras autour des épaules de sa femme. Ils traversèrent ensuite la vigne la plus proche. Au bout se tenait la villa de Roberto, l'avocat personnel de Rafael depuis de nombreuses années, un homme charmant toujours prêt à aider la famille. Lui aussi attendait sur le seuil, tapotant ses yeux rougis à l'aide de son mouchoir.

Dante, lui, ne pleurait jamais.

Tandis que le cortège faisait une large boucle autour de la propriété afin de permettre aux employés de rejoindre l'église, il se remémora les jours heureux des vacances à Luctano, du temps où son père l'initiait aux affaires sur le terrain ou effectuait de longues balades à cheval avec lui…

Leur dernière conversation lui revint alors à l'esprit. Dante lui avait parlé du conseil d'administration du lendemain, avouant qu'il faisait de nouveau la une des journaux pour ses frasques.

— Allons, mon fils, ne t'en fais pas pour ça. Tu n'arriveras jamais à la cheville des jeunes Castello.

Il parlait de la famille issue d'une vallée voisine qui avait fait fortune avec une chaîne de restaurants et quelques hôtels de grand luxe et dont les fils dilapidaient sans vergogne la fortune familiale avec leurs multiples maîtresses.

— Ne laisse pas le conseil te dicter ta conduite, avait poursuivi Rafael. Tu as toujours été maître de ta vie et pris des décisions judicieuses dans le travail. Continue sur ta lancée. Je suis fier de toi.

Dante ferma les yeux et venait de prendre une profonde inspiration lorsqu'il sentit la main de Mia se poser sur la sienne, l'envelopper, chaude et douce. Il savoura une seconde ce contact avant de se rebeller.

Il n'avait que faire de sa compassion.

Réprimant un mouvement de rejet, il se contenta de lâcher d'un ton glacial :

— Ôtez votre main, Mia.

Elle s'exécuta sans un mot et Dante garda les yeux fermés jusqu'à l'arrêt de la voiture.

Il la laissa entrer seule dans l'église, conscient des centaines d'yeux rivés sur sa frêle silhouette tandis qu'elle avançait devant eux. Malgré lui, il admira son cran ainsi que son maintien posé et fier lorsqu'elle prit place sur le premier banc de l'église.

À la fin de la messe, Dante rejoignit le pupitre pour prononcer l'éloge funèbre.

— Rafael Dante Romero était le fils d'Alberto et Carmella, et le frère aîné de Luigi. Il a mené une vie on ne peut plus active, disant qu'il aurait tout le temps de se reposer quand il serait dans sa tombe…

Il vit quelques légers sourires se dessiner sur les lèvres des auditeurs et poursuivit, parlant de l'ardeur de Rafael au travail, expliquant comment il avait agrandi inlassablement le domaine et propulsé le commerce de son père au-delà de Luctano en devenant le fournisseur attitré des grands restaurants italiens, avant de se placer sur le marché européen.

Vint alors le moment d'aborder la vie sentimentale de Rafael. Dante avait longuement hésité sur les termes à employer pour décrire le couple de ses parents. Il n'aimait pas mentir et se souvenait trop bien des disputes qui avaient assombri leur vie, puis de la paix relative qui avait suivi l'arrivée des jumeaux. En définitive, il avait décidé de rester fidèle à l'image qu'ils en donnaient.

— Angela et Rafael se sont mariés alors qu'ils étaient

tous deux âgés de dix-neuf ans. Une union pleine d'amour, de rires et de surprises. Notre père aimait les surprises…

Il raconta alors comment, un jour, sa mère ayant découvert des ouvriers occupés à creuser le sol sur une vaste surface, les avait crus en train de le préparer pour le jardin romantique dont elle rêvait. Rafael avait gardé son projet secret jusqu'au bout : il faisait construire un héliport. Officiellement pour faciliter le déroulement de son entreprise, mais il le lui avait présenté comme un moyen plus rapide pour elle de rejoindre la ville pour faire ses courses !

Après quelques autres anecdotes concernant la vie de leur famille et les facéties de Rafael, il aborda la partie la plus difficile de son discours, à laquelle il avait réfléchi une bonne partie de la nuit, pesant le pour et le contre pour finalement passer outre son ressentiment dans son désir de respecter les choix de son père jusqu'au bout.

— Papa aimait sa famille, pourtant, étant Rafael, il avait encore de la place dans son cœur pour davantage d'amour, et du temps pour une surprise supplémentaire.

Il marqua une courte pause avant de reprendre en regardant Mia droit dans les yeux :

— Il y a deux ans, il a épousé Mia qui l'a rendu très heureux et a su adoucir ses dernières années de vie. C'est ce qu'il m'a confié la veille de sa mort.

C'était un pieux mensonge, mais un mensonge plausible, car il avait toujours été témoin d'une douce complicité entre eux, à défaut de spectaculaires démonstrations d'affection.

Un grand silence accueillit cette déclaration.

Dante remarqua que Mia baissait les yeux et faisait lentement tourner l'orchidée blanche entre ses doigts.

— Hélas, Rafael ne nous réserve plus de surprises. Le moment est venu pour lui de trouver le repos éternel.

S'efforçant de déloger la boule qui venait de se former dans sa gorge, il conclut d'une voix étranglée :

— Il nous manquera toujours.

Il regagna alors sa place et quelques minutes plus tard, tous quittèrent l'église.

À leur arrivée au cimetière, la neige se mit à tomber en légers flocons, accentuant le caractère intime de la cérémonie. Au moment où le cercueil fut descendu en terre, Ariana fondit en larmes, et Eloa entoura les épaules de Stefano qui lui non plus ne parvenait pas à contenir son chagrin.

Dante se tint droit, le regard fixe et les yeux secs.

Après la prière d'adieu, et le dernier hommage des enfants de Rafael, ce fut le tour de Mia.

Constatant qu'elle semblait sur le point de s'évanouir, il lui prit le bras.

Elle leva un regard surpris vers lui.

— Venez.

Elle murmura un remerciement tandis qu'il la guidait jusqu'au bord de la tombe, où elle lança l'orchidée blanche, puis ferma les yeux quelques secondes.

— Merci, répéta-t-elle tandis qu'il la raccompagnait jusqu'à la voiture.

C'était fini.

Ils rentrèrent alors au manoir pour la lecture du testament. Sylvia les y attendait avec une collation mais, personne n'ayant le cœur à manger, ils se contentèrent d'une tasse de thé avant de rejoindre le bureau de Rafael où deux rangées de sièges avaient été disposées devant sa table de travail.

Angela et Luigi prirent place au milieu du premier rang, juste en face de Roberto, Mia s'installa à l'extrémité, les autres occupèrent les chaises restantes. Dante resta debout près d'une fenêtre afin de ne rien manquer des réactions de sa belle-mère.

Les possessions de Rafael ayant déjà été partagées lors de son divorce, l'énoncé des premiers legs ne procura aucune surprise.

La propriété de Toscane fut attribuée à Dante, la résidence de Suisse à Stefano et le penthouse parisien à Ariana.

Luigi reçut un immeuble au cœur de la ville de Luctano, qui serait probablement vite négocié pour couvrir ses éternelles dettes de jeu.

Angela hérita de bijoux de famille, bibelots et tableaux.

La seule surprise fut l'attribution à Mia de deux résidences en Angleterre de valeur relativement minime. Elle eut aussi le droit de garder les bijoux que son époux lui avait offerts au cours de leur mariage ainsi que celui de continuer à habiter le manoir pendant les trois mois suivants.

Dante s'était attendu à un legs beaucoup plus important en sa faveur, mais savait que Rafael lui avait déjà donné des sommes significatives dès l'instant où il l'avait rencontrée.

Son manque de réaction, cependant, le stupéfia. Elle resta digne et imperturbable jusqu'à la fin de la lecture.

Certainement car elle avait l'intention de contester l'héritage. Libre à elle de perdre ce qui lui avait été alloué en poursuites judiciaires ! Il ne la laisserait pas dépouiller la famille. Ses avocats choisis parmi les meilleurs sauraient se montrer impitoyables.

Mais Roberto n'avait pas terminé.

— Rafael espère que sa famille continuera de le représenter chaque année au bal de la Fondation Romano.

Dante jeta un coup d'œil à sa mère dont les lèvres venaient de se pincer. Ce bal avait été son jour de gloire annuel du temps où elle était encore la *signora* Romano en titre. Se voir écartée du rôle principal par Mia avait failli l'anéantir, or à présent, cette dernière y tiendrait encore la vedette aussi longtemps qu'elle serait en vie. Un coup dur pour Angela.

Il reporta son regard sur Mia, toujours aussi impassible. Elle dut toutefois se sentir observée car elle se tourna sur son siège, lui présentant son dos. À la vue de sa nuque gracile, Dante sentit son sang bouillonner. Il n'eut plus qu'une envie : oublier cette sombre journée et la prendre par la main pour l'emmener dans sa chambre et se perdre en elle…

Au lieu de cela, il écouta Roberto poursuivre avec les legs destinés aux cousins et au personnel.

— Et pour finir, une donation d'un million d'euros à l'organisation caritative en faveur des chevaux de course réformés que Rafael a fondée et présidée jusque-là.

Les chevaux en fin de vie allaient recevoir plus que Mia !

Rien de tel qu'une touche d'humour noir en cette période dramatique.

— Rafael compte sur ses enfants pour veiller au respect de ses dernières volontés.

C'était terminé. Un brouhaha s'éleva dans l'assistance puis tous quittèrent la pièce. Certains s'attardèrent autour de Roberto et l'entraînèrent devant le buffet dressé par Sylvia, mais Stefano et Eloa partirent aussitôt avec Luigi et Rosa.

Dante raccompagna sa mère et Ariana sur le seuil du manoir.

— Je vous rejoindrai chez Luigi plus tard, car je souhaite parler à Roberto.

— Inutile, déclara Angela, ta sœur et moi rentrons à Rome. Gian nous attend dans son hélicoptère.

— Mais mon pilote va arriver…

— Nous ignorions tes projets, intervint Ariana. Tout est organisé, maintenant. Nous ne voulons pas rester plus longtemps ici, c'est trop pénible.

— Tu dormiras chez maman ce soir ?

— Elle préfère être seule. J'irai chez Nicki.

La compagnie de son amie vive et enjouée serait plus bénéfique à sa sœur que celle d'Angela, visiblement de mauvaise humeur, songea Dante qui, pour faire sourire cette dernière, lui annonça :

— Ne t'en fais pas, maman, dès que la succession sera réglée, je te transférerai la propriété du manoir. Je suis certain que papa me l'a laissé plutôt qu'à toi afin de limiter les chances de Mia de gagner si elle conteste le testament, ce qu'elle va s'empresser de faire. Il te revient de droit.

— Je n'en veux pas.

Dante fut stupéfait. Depuis le divorce, sa mère se lamentait de ne pouvoir y revenir.

— Réfléchis, on en reparlera plus tard.

— C'est tout réfléchi. J'aime cette maison, mais elle fait partie du passé. Ma vie est à Rome, désormais.

— En as-tu jamais vraiment voulu ?

Dante regretta sa question sur-le-champ en voyant le visage de sa mère se figer.

— À bientôt, mon chéri.

Il resta planté sur le seuil, saluant au passage ses cousins qui partaient en compagnie de Roberto. Il en oublia même d'arrêter celui-ci.

Lorsque la dernière voiture eut disparu au bout de l'allée, il rentra machinalement dans le manoir, puis s'installa dans le salon face à la cheminée.

La journée s'était somme toute bien passée, sans aucun des drames anticipés.

Son père reposait dans ses terres bien-aimées auprès de ses parents.

Il se remémora cet homme si discret, un adjectif qui avait toujours caractérisé Rafael Romano à ses yeux. Il ne prononçait jamais un mot plus haut que l'autre, s'efforçait de trouver des solutions à tous les problèmes. Son seul éclat, son divorce soudain suivi d'un remariage, les avait tous sidérés.

Et sa mort venait de soulever d'autres interrogations.

Pourquoi Angela ne voulait-elle pas du manoir ?

Dante se souvint de sa question : « En as-tu jamais voulu ? » À la réflexion, elle n'avait pas été aussi spontanée qu'il avait voulu le penser sur le moment.

Dès l'instant où il avait été scolarisé à Rome, sa mère s'était mise à y faire des voyages incessants, or il était pensionnaire, donc elle ne le voyait qu'une heure par-ci par-là.

Brusquement, il mit un nom sur l'amant d'Angela.

Signore Thomas, son professeur d'anglais !

Dante avait toujours eu l'impression qu'on lui mentait.

À présent, il en avait l'intime conviction.

5.

Dès la lecture du testament achevée, Mia s'éclipsa. Prendre congé de la famille aurait été s'exposer à se voir opposer un silence méprisant puisque depuis la veille, personne ne lui avait adressé la parole.

À part Dante.

Elle était encore surprise de sa sollicitude au cimetière, sans pour autant oublier son rejet cuisant dans la voiture lorsque, consciente de sa peine, elle avait tenté de le réconforter en posant une main sur la sienne avant l'arrivée à l'église.

Peu importait, ses rapports avec les Romano avaient pris fin à jamais.

Il ne lui restait plus qu'à boucler ses valises. Ce qu'elle fit avant de promener un regard empreint de nostalgie sur la suite aux citrons.

Sa vie paisible ici allait lui manquer.

Passant outre sa mélancolie, elle songea à la nouvelle existence qui l'attendait. Grâce à la générosité de Rafael, elle était propriétaire d'un appartement, Michael avait un toit sur la tête et, encore plus appréciable, une couverture médicale.

Mia attendit d'entendre la dernière voiture quitter la propriété pour sonner afin que Mario monte chercher son bagage.

Le moment de partir était arrivé.

Comme dix minutes plus tard, ni Sylvia ni son mari ne s'étaient manifestés, elle descendit voir ce qui les retenait.

Personne au rez-de-chaussée, mais de la lumière filtrait sous la porte du petit salon. Intriguée, elle l'ouvrit.

Dante était debout, en manches de chemise, devant la cheminée.

— Vous êtes encore là ?

— Oui, cela vous pose un problème ? demanda-t-il en se tournant vers elle.

— Absolument aucun. Je cherchais Mario.

— Il est parti. Je l'ai renvoyé ainsi que sa femme ; le nettoyage de la maison peut attendre demain. La journée a été longue et pleine d'émotions fortes pour eux aussi.

Mia se mordit la lèvre. Tant pis, elle devrait descendre ses bagages elle-même. Dante dut mal interpréter son geste car il poursuivit :

— Ne vous inquiétez pas, je vais rentrer à l'hôtel et vous aurez la maison pour vous seule ce soir.

— C'est inutile, vous pouvez rester ici.

Dante lui décocha un petit sourire sardonique.

— Je m'en voudrais de vous imposer ma présence, Mia. Vous avez encore trois mois de grâce à passer au manoir, le temps d'affûter vos griffes pour contester le testament de mon père.

— J'ignore pourquoi vous dites cela. Je ne réclamerai rien, ni ne profiterai de ce délai, d'ailleurs, car je pars ce soir. Le manoir est à votre entière disposition.

Dante fixa Mia, incrédule. Il s'était attendu à la voir dévoiler son véritable jeu, se montrer belliqueuse et prête à entamer une action juridique, à s'accrocher à la propriété jusqu'à la dernière minute. Or elle était toujours aussi calme et semblait décidée à partir.

La preuve : elle tournait déjà les talons.

Il se sentit brusquement dans la peau d'un combattant privé d'adversaire.

— Je comprends ! s'exclama-t-il. Vous êtes pressée de vous lancer à la poursuite du prochain ?

— Quel prochain ?

— Un autre vieil homme stupide.

— Comment pouvez-vous dire une chose aussi insensée ? rétorqua-t-elle. Rafael n'avait rien de stupide, il savait pertinemment ce qu'il faisait. Il n'était pas vieux non plus puisqu'il n'avait qu'une petite cinquantaine d'années.

— C'est encore bien trop vieux pour vous ! Vous n'avez d'ailleurs pas perdu beaucoup de temps pour ôter vos bagues, à ce que je vois.

Dante n'avait pu réprimer cette réplique acerbe. En fait, ce n'était pas pour une question d'âge que l'union de Mia et de son père l'enrageait, mais parce que Rafael l'avait choisie, elle.

Mia.

La femme pour qui son désir était si intense depuis leur première rencontre que sa vie en était devenue un enfer les deux dernières années.

— Je vous demande pardon ? demanda-t-elle en faisant volte-face.

Et Dante la regarda traverser la pièce d'un pas ferme, les yeux brillants de colère. Une version de Mia totalement nouvelle. Elle laissait enfin percer une émotion ! Elle continua d'approcher jusqu'à n'être plus qu'à quelques centimètres de lui.

— Vous ne savez rien de moi, Dante. Vous me jugez, me prenez pour une prostituée de haut vol. Quelle hypocrisie alors que payer des femmes pour coucher avec vous ne vous pose aucun problème !

— Je n'ai jamais payé.

— Je vous en prie ! Croyez-vous qu'elles seraient toutes à vos pieds si vous ne les couvriez pas de cadeaux et ne leur offriez pas une vie de luxe ?

— Ce n'est pas cela qui les attire.

— Ce n'est en tout cas pas votre galanterie ni votre finesse !

— Je peux être galant quand je le veux, répliqua-t-il avant d'ajouter avec un sourire taquin : Ou beaucoup moins, si ma partenaire le souhaite.

Et, lui saisissant la main, Dante lui mordit légèrement le bout d'un doigt puis lui embrassa la paume.

— Vous voyez, ma chère belle-mère…

— Cessez de m'appeler ainsi !

Il releva la tête et plaqua la main de Mia contre son torse.

— Pourquoi ? Être excitée par votre beau-fils est gênant à vos yeux ? Aviez-vous honte de me désirer hier soir, à table ?

— Je ne vous désirais pas.

— Et plus tard, dans la cuisine ?

— Non.

— Alors partez, ma chère. Et arrêtez de jouer avec le feu.

Mia savait qu'elle aurait dû s'éloigner au plus vite de Dante. Cet homme qui collectionnait les conquêtes sans le moindre scrupule représentait un danger capital. Depuis deux ans, elle suivait sa vie sentimentale – ou plutôt sexuelle – dans les journaux et sur Internet, en proie à une irrépressible et grandissante jalousie pour les femmes qui avaient le privilège de l'approcher, de partager son intimité.

La douceur avec laquelle il avait embrassé sa paume lui avait donné envie de sentir ses lèvres sur d'autres parties de son corps. Sous sa main, le cœur de Dante battait très fort, et le sien tambourinait à l'unisson, l'empêchant de rompre ce lien ténu entre eux. Malgré sa dénégation, le désir lui avait embrasé le corps, un besoin physique si intense et si inédit pour elle qu'il la clouait sur place.

Comme elle soutenait son regard, Dante lui posa une main sur la nuque et, au lieu de l'attirer à lui ainsi qu'elle s'y attendait, il demanda :

— Que voulez-vous, Mia ?

— En finir au plus tôt ici. Partir et ne jamais vous revoir.

— Pourtant vous ne bougez pas.

Un frisson la parcourut.

— C'est vrai.

Dante inclina alors la tête et l'embrassa, lentement, profondément. Nulle expérience préalable en la matière n'était nécessaire avec un partenaire tel que lui, réalisa Mia en s'abandonnant à son baiser, malgré sa raison qui lui dictait d'y mettre fin.

Elle sentit l'érection de Dante se presser contre son ventre. Sa tête se mit à tourner tandis qu'une onde brûlante lui traversait le corps, balayant doutes et scrupules.

Il s'écarta brusquement et murmura tout en défaisant les minuscules boutons de nacre de son corsage.

— Vous devriez vous en aller maintenant, avant que nous ne fassions quelque chose que nous pourrions regretter.

— Je ne veux pas partir.

— Coucher avec moi ne vous mènera nulle part.

— Je le sais.

Il était inutile d'imaginer une liaison suivie avec Dante, ce n'était pas son style. En revanche, il ne s'embarrassait pas de faux-semblants, il la désirait, et le lui montra en dégrafant l'attache qui fermait son soutien-gorge sur le devant. Dans la seconde suivante, il lui avait pris les seins en coupe et en embrassait tour à tour chaque pointe, lui arrachant des gémissements.

Dès que Dante releva la tête, Mia abandonna toute

réserve et lui ôta sa chemise. Son corps était tel qu'elle l'avait imaginé, un torse puissant aux larges épaules musclées. Sur une impulsion, elle promena les doigts sur la fine toison qui recouvrait sa peau mate, puis approcha sa bouche pour le goûter.

Comme il défaisait sa ceinture, Mia suspendit ses baisers. Elle le regarda se débarrasser de son pantalon et de son boxer, la gorge subitement nouée à la vue de son érection. Du bout d'un doigt hésitant, elle parcourait la ligne de poils qui courait sur son ventre lorsqu'il lança d'une voix rauque :

— Prends-moi dans ta main.

Fascinée, Mia caressa sa peau tendue, surprise de la trouver si douce, puis referma les doigts autour de son sexe. Un soupir la remercia, puis Dante posa une main sur la sienne pour accompagner son mouvement.

— À moi de découvrir ton corps maintenant, lâcha-t-il soudain. J'ai besoin de te voir, de te sentir, de te goûter…

Avec une grande délicatesse, il fit glisser la robe le long de ses bras, puis son slip sur ses jambes, mais lui laissa ses bas. Au moment où il s'agenouilla devant elle et lui écarta les cuisses pour embrasser le cœur de son intimité, Mia frissonna. Ses caresses étaient divines, une vague de sensations inédites la transportant dans un univers inconnu, elle ferma les yeux et plongea les doigts dans les cheveux de Dante.

Mais lorsqu'il la pénétra d'un doigt, elle se raidit, lui saisit les épaules et avoua :

— Dante, je n'ai jamais connu d'homme avant toi.

Dante releva lentement la tête, se demandant s'il s'agissait d'une tactique ou d'un jeu, mais le regard à la fois timide et farouche de Mia ainsi que la pression de ses cuisses contre ses mains le renseignèrent.

Pour la première fois de sa vie, il hésita face à une femme nue et prête à se donner à lui, incertain de la manière appropriée dans une telle situation.

— Tu veux dire que tu es… vierge ?

Elle se contenta de hocher la tête.

Une multitude de questions traversa l'esprit de Dante, mais il les écarta. Elles pouvaient attendre.

De manière étrange, l'innocence de Mia l'excitait. Et, curieusement, le fait qu'elle soit la veuve de son propre père ne le gênait plus du tout.

Il lui prit le visage entre les mains et la regarda droit dans les yeux.

— Me veux-tu vraiment ?

— Oui, lâcha-t-elle dans un souffle.

— N'aie pas peur, murmura-t-il.

Et, d'un coup, Dante sentit quelque chose céder en lui. Il attira Mia contre lui, prit ses lèvres avec une grande délicatesse en un long baiser puis la souleva pour l'allonger sur le tapis, devant la cheminée.

Il la caressa longuement, se délecta de son regard confiant, jusqu'à ce que ses gémissements se succèdent sans interruption, qu'elle se cambre contre lui, folle de désir… Alors seulement, il la pénétra.

Lorsqu'il la sentit se raidir, il s'arrêta, réprimant une urgente envie de se perdre en elle, lui laissant le temps de s'habituer à son corps…

Ensorcelé, il retint son souffle. Remarquant alors des larmes sur sa joue, il lui embrassa les yeux, goûta la saveur salée de sa peau.

Dès qu'il la sentit se détendre, il continua et, avec toute la douceur dont il était capable, entama alors un lent va-et-vient.

Très vite, Mia accompagna ses mouvements, et le plaisir les prit, de plus en plus intense, pour finalement les submerger tous deux.

Ils jouirent dans un même cri, éperdus et comblés.

Quand Dante reprit ses esprits, une évidence le frappa. Il venait de faire l'amour à la veuve de son père, le jour de l'enterrement de celui-ci. Même si son âme était apaisée pour la première fois depuis des jours, il eut honte. Et la question qu'il s'était posée quelques instants auparavant lui revint en mémoire. Que Mia ait été vierge l'attrista. Il n'y avait eu aucune passion physique entre elle et son père… La réalité était donc pire qu'il l'avait envisagée pendant qu'il se consumait de désir pour elle. Il voulut en avoir le cœur net. Selon sa réponse, il pourrait l'entraîner dans sa chambre sans se soucier de l'opinion des autres lorsqu'on les verrait ensemble, le lendemain, ou la quitter à jamais.

Roulant sur le côté, il se dressa sur un coude.

— Pourquoi as-tu épousé mon père ?

Mia reposait alanguie, encore sous l'effet du merveilleux plaisir qu'elle venait de découvrir. Le corps de Dante était agréablement lourd et chaud sur le sien. Seul le crépitement des bûches troublait le silence. Elle savourait ce moment, la douceur dont il l'avait gratifiée, songeant combien il allait lui être difficile de partir.

La mélancolie venait de s'emparer d'elle sans crier gare lorsque Dante, avec sa question, la ramena à la réalité. Mia fut tentée de se lover contre lui, de lui avouer la vérité, mais elle avait été généreusement payée pour garder le secret.

— Était-ce seulement pour son argent ? insista-t-il alors.

Toute tentative d'aveu avortée, Mia reprit donc son

attitude détachée, la cuirasse qui l'avait protégée jusque-là de toute inquisition.

— Je n'ai pas à répondre à cette question.

— En effet.

Dante se rallongea, un bras sur le front, avant de demander :

— Cela en valait-il la peine ?

Mia ne sut s'il parlait de ce qui venait de se passer entre eux ou de sa relation avec Rafael. Les deux probablement, car il devait s'interroger sur sa virginité.

— Quoi ? Être calomniée par la presse, considérée comme une femme intéressée pour avoir épousé ton père ? Être la cible constante du mépris de ta famille ? Ou avoir couché avec toi ?

— Les trois.

Ces deux mots secs la glacèrent, mais en même temps ils la forcèrent à réagir. Il ne pouvait même plus la regarder en face. Quelle horrible fin pour un moment si doux !

— Non, répondit-elle. J'aurais remboursé Rafael pour éviter tout cela, si je l'avais pu.

Sur ces paroles, elle s'enroula dans un plaid et remonta dans sa suite, laissant Dante se débrouiller avec ses vêtements éparpillés au sol. De toute manière, elle ne voulait plus jamais les porter.

Mia prit une douche, enfila une nouvelle tenue pour le voyage et descendit ses valises.

Dante l'attendait dans le hall. Il s'était visiblement rhabillé à la va-vite, car sa chemise flottait sur son pantalon et il était pieds nus.

— Je vais t'accompagner à l'aéroport.

— Inutile, je viens d'appeler un taxi, il sera là dans quelques minutes.

Il lui prit alors les mains.

— Mia, je n'ai pas utilisé de protection, prends-tu la pilule ?

— Non.

— Dans ce cas, tu dois t'arrêter dans une pharmacie…

Il laissa sa phrase en suspens, et Mia réprima une repartie acerbe. Il lui donnait un conseil de contraception d'urgence comme s'il était expert en la matière ! De toute évidence, il devait l'être…

— Tu vas le faire, n'est-ce pas, Mia ?

— Bien sûr.

— Parfait. Ce serait un épouvantable scandale si tu étais enceinte de moi.

— Je comprends…

— D'habitude, je prends mes précautions, mais…

— Cette fois, c'est moi qui m'en chargerai, rétorqua Mia un peu sèchement.

Se retrouver enceinte, et de cet incorrigible play-boy de surcroît, était bien la dernière chose qu'elle souhaitait !

Un coup de klaxon annonçant l'arrivée du taxi, elle dégagea ses mains et s'apprêtait à prendre ses valises lorsqu'il la devança.

Certainement pour se faire pardonner de ne pas l'avoir aidée à les descendre, il les porta jusqu'à la voiture et les mit dans le coffre.

Sa galanterie s'arrêta là. Ni au revoir ni geste d'adieu.

Il était rentré dans le manoir avant même que Mia ait refermé sa portière.

Ils avaient commis une énorme erreur, dont rien d'heureux ne pouvait découler.

Tous deux en étaient conscients.

6.

À son arrivée à Londres après un vol ponctué de turbulences, Mia s'installa dans le petit appartement que Rafael lui avait légué.

Avertie de son retour, Gemma, la femme de Michael, avait aéré les pièces, mis le chauffage et rempli le réfrigérateur. En signe de bienvenue, un bouquet de fleurs fraîches trônait dans le salon, accompagné d'un gentil petit mot. Mia en fut touchée.

Elle était épuisée, désorientée, triste de la manière dont Dante et elle s'étaient séparés, mais en même temps heureuse d'avoir fait l'amour avec lui. Aucun regret ne la tourmentait. Au contraire. Malgré ce qu'elle lui avait dit, chaque seconde en sa compagnie avait compté, et si l'occasion lui était donnée de recommencer, elle se donnerait à nouveau à lui sans la moindre hésitation. Hélas, cela ne devant pas être le cas, le plus sage était d'oublier cette soirée toscane et de prendre des dispositions en vue de sa nouvelle existence.

Le lendemain matin, elle alla rendre visite à Michael. Son frère avait fait la connaissance de Gemma dans le centre de rééducation où elle était sa kinésithérapeute. Mia avait remarqué les références de plus en plus nombreuses à la jeune femme dans ses conversations avec Michael, puis il la lui avait présentée en visiocommunication avant de lui annoncer peu de temps après qu'ils étaient amoureux.

Grâce à sa gentillesse et sa détermination, Gemma avait aidé son frère à sortir de sa longue dépression, et tous deux formaient désormais un couple solide.

Michael avait soutenu Mia lors de son mariage avec Rafael, sans toutefois savoir à l'époque que seuls les frais occasionnés par son état avaient poussé sa sœur à consentir à cette union. Visiblement, il s'en était rendu compte depuis, comprit-elle dès son arrivée.

— Tu n'aurais jamais dû sacrifier deux ans de ta vie pour moi, Mia.

Elle réprima l'envie de lui dire que s'il avait eu la prévoyance de contracter une assurance, elle n'aurait pas eu à le faire. Il avait payé assez cher sa négligence.

— J'ai été heureuse de t'aider, répondit-elle avec un sourire avant d'enchaîner sur sa santé.

L'argent avait cessé d'être un problème. Rafael y avait veillé. La maison de Gemma et Michael était désormais à leur nom et les travaux d'aménagement des pièces – en particulier ceux de la salle de bains – nécessaires pour une personne en fauteuil roulant étaient presque terminés et déjà en partie payés. La vente du second appartement dont elle avait hérité couvrirait le reste.

Leur aisance financière n'était cependant pas due à Angela Romano, songea-t-elle en se souvenant combien celle-ci s'était montrée odieuse pendant la rédaction de l'accord, rappelant sans cesse à son futur ex-mari que tout ce qu'il donnait à Mia était au détriment de ce que recevraient ses enfants – pourtant largement à l'abri du besoin pour le restant de leurs jours.

Alors, la véritable réponse à la question de Dante était : Oui, tout en valait la peine.

Les drames faisaient partie du passé, Michael avait recouvré santé et joie de vivre, Gemma et lui étaient sauvés financièrement et la presse ne s'intéressait plus à elle.

Mia Romano appartenait à l'histoire ancienne, une nouvelle existence se profilait pour Mia Hamilton.

Au cours des trois semaines suivantes, elle commença donc à chercher un travail. Hélas, son manque d'expérience professionnelle ne jouait pas en sa faveur. Les jours passant, les refus se succédaient.

Un matin, Mia eut la surprise de trouver dans sa boîte aux lettres une invitation au bal de la Fondation Romano qui devait avoir lieu deux mois plus tard. L'idée de faire face à la famille de son mari lui faisait peur, mais revoir Dante était extrêmement tentant.

Le souvenir de son amant d'un soir et de leurs ébats torrides s'insinua en elle. Malgré ses résolutions, l'oublier était impossible et son désir pour lui persistait. En se rendant à Rome, elle risquait de se trahir. La perspective de voir révélée sa relation si éphémère – non seulement avec le fils de Rafael mais dans les heures suivant l'enterrement de ce dernier qui plus est – était si épouvantable que Mia enfouit le carton d'invitation au fond d'un tiroir.

Quelques jours plus tard, alors qu'elle sortait d'un entretien d'embauche, heureuse de la manière cordiale dont il s'était déroulé, son téléphone vibra dans sa poche.

— *Pronto.*

Elle s'arrêta si brusquement en entendant la voix de Dante que les piétons qui marchaient derrière elle la heurtèrent. Dans la seconde suivante, son cœur s'emballa, ses jambes faiblirent et ses doigts se mirent à trembler. Elle s'efforça cependant de ne pas laisser percer sa joie soudaine.

— Bonjour, Dante. Comment vas-tu ?

— Bien, mais j'appelais surtout pour savoir comment *toi*, tu allais.

— Ça va, pourquoi ?

— Donc pas de conséquences dramatiques à notre dernière soirée ?

Au moins, il allait droit au but !

— Non, tout est en règle de ce côté.

— Parfait, j'ai préféré m'en assurer, déclara-t-il avant de raccrocher sans même un au revoir.

Mia fut soudain prise d'un doute. Elle se livra à un rapide calcul mental, tout en se remémorant les paroles du pharmacien de l'aéroport. Une semaine de retard était possible.

Elle avait largement dépassé ce délai !

En proie à une subite panique, elle se précipita dans la pharmacie la plus proche pour acheter deux tests de grossesse.

À peine rentrée dans son appartement, elle fit le premier.

Positif !

Le second donna le même résultat.

Le médecin consulté dans la foulée les confirma. Un heureux événement se produirait début octobre.

— Mais j'ai pris la pilule du lendemain ! s'était-elle exclamée.

Au cours de la conversation avec le praticien, Mia se souvint d'avoir été si perturbée après avoir quitté Dante qu'elle avait bien avalé la pilule, mais avait omis de prendre un comprimé contre le mal des transports avant le vol. Elle en avait payé les conséquences peu après le décollage, dès les premières turbulences.

Après plusieurs nuits sans sommeil, Mia décida de garder le bébé. Quant à avertir Dante, c'était hors de question. Du moins pour le moment, rien ne pressait, mieux valait prendre le temps d'y réfléchir. En plus du scandale qui en découlerait, ce n'était pas le genre d'annonce qu'il apprécierait. Il était de notoriété publique que ce séducteur impénitent ne s'établirait jamais et il avait été clair : il ne voulait pas d'enfant.

Les semaines s'écoulèrent, son premier entretien d'embauche fut suivi d'un deuxième qui se déroula tout aussi bien. Lorsqu'elle fut invitée pour le troisième, Mia s'habilla avec un soin extrême.

Cette fois, elle allait rencontrer le grand patron !

— Tu n'as pas bonne mine, déclara Angela Romano.

Dante soupira.

— Je vais bien, maman.

Sa mère venait de s'arrêter à son bureau pour l'embrasser avant son départ en croisière, le soir même.

— Pourquoi as-tu chargé Ariana de la préparation de la soirée de gala ?

— Parce qu'elle a un diplôme en management hôtelier.

— En fait, elle adore organiser ce genre d'événement, mais le seul dont elle devrait se préoccuper est son mariage. A-t-elle un petit ami sérieux ?

— C'est possible.

Dante en avait assez des allusions de sa mère. S'il avait le pouvoir et suffisamment de caractère pour tenir sa mère à l'écart, ce n'était pas le cas de sa sœur qui subissait une pression constante de la part d'Angela.

— Elle m'a dit que tu comptais mettre en vente la propriété de Luctano. Est-ce vrai ?

— Oui, pourquoi ? Tu as changé d'avis ?

— Non, fais-en ce que tu veux. Je me demandais simplement ce qui se passait, tu as été si silencieux ces derniers temps ! Je t'ai à peine vu depuis l'enterrement, et tu as même disparu de la rubrique mondaine des journaux.

— J'ai eu un travail monstre.

— Je sais qu'il peut paraître un peu léger de partir en croisière si peu de temps après la mort de ton père, mais j'avais effectué mes réservations avant Noël.

Bonne excuse, songea Dante, plus enclin à voir davantage qu'une coïncidence au fait que sa mère parte quinze jours avant le bal de la Fondation pour ne revenir que le lendemain. Du temps où ses parents étaient encore mariés, elle n'aimait rien tant que la préparation de cette soirée et l'intérêt dont elle-même serait l'objet de la part de la presse.

— Sera-t-elle là ? demanda Angela à brûle-pourpoint.

Dante sut d'emblée qu'elle parlait de Mia.

— Je n'en suis pas certain.

— J'espère qu'elle aura la décence de s'abstenir. Sa présence en mettrait beaucoup mal à l'aise et si, en plus, elle décidait de venir accompagnée, cela donnerait lieu à des commérages sans fin !

— Papa a été formel. Il souhaitait voir toute la famille maintenir cette tradition. C'est donc son droit de présider le dîner si elle en a envie.

— Tu as fait figurer son nom sur les invitations ?

— Non.

Craignant que sa mère ne saisisse cette occasion pour lui demander de reprendre son rôle d'hôtesse pour les futurs événements, Dante changea de sujet.

— Avec qui fais-tu cette croisière ?

— Oh ! juste un ami.

— Cet homme n'est pas un peu plus pour toi ?

— Nous nous fréquentons en effet depuis quelque

temps, admit Angela. Tu te souviens peut-être de lui. Il s'agit du *signore* Thomas.

— Tiens donc, mon ancien professeur d'anglais…

— Pourquoi souris-tu ?

— Parce que je vous ai aperçus ensemble et vous m'avez semblé avoir légèrement dépassé le stade de l'amitié. Un homme sympathique, si mes souvenirs sont exacts.

— Oui, nous sommes tombés l'un sur l'autre par hasard il y a quelques mois, il m'a demandé de tes nouvelles et nous nous sommes revus. Tu n'es donc pas fâché ?

— Pourquoi le serais-je ? Il est temps pour toi de trouver le bonheur.

— Merci, répondit Angela en se levant. Stefano est dans son bureau ?

— J'en doute. Il est parti déjeuner avec Eloa et risque de ne pas rentrer avant des heures.

Sa mère partie, Dante réfléchit à leur conversation. Il ne croyait pas à sa prétendue récente rencontre avec le *signore* Thomas. Il avait toujours eu l'impression que des secrets hantaient sa famille, et plus encore depuis le décès de son père…

Un coup léger frappé à sa porte le tira de sa rêverie. C'était Sarah.

— Matteo Castello vient d'appeler. Il souhaitait vous parler, mais je n'ai pas voulu vous déranger.

— Que voulait-il ?

— Vous parler au sujet d'une référence.

Dante leva un sourcil intrigué en remarquant l'air gêné de la jeune femme.

— Vous ne voulez tout de même pas nous quitter pour lui ?

— Absolument pas, répondit-elle en souriant. En fait,

Matteo envisage d'embaucher Mia comme assistante de direction à Londres.

— Ah bon ?

— Oui, et en parlant d'elle, Mia n'a toujours pas répondu à l'invitation.

— Ce n'est pas mon problème, répondit-il d'un ton désinvolte.

En fait, Mia était son problème principal ! Il mourait d'envie qu'elle vienne à la soirée annuelle des Romano afin d'avoir une chance de la revoir et…

— Bon, je rentre chez moi, déclara Sarah.

— Mais il est à peine 15 heures !

— Dante, vous m'avez offert à Noël un long week-end avec mon mari à l'hôtel Fiordelise et, faute de temps jusque-là, nous avions décidé de celui-ci. Vous n'avez tout de même pas oublié ?

— Non, bien sûr. Dépêchez-vous de filer avant que je change d'avis !

Quelle ironie ! Tout le monde autour de lui profitait de la vie, sa mère, son frère et son assistante.

Sauf lui.

Depuis Mia.

La seule femme qu'il n'avait pas appelée *bella*, car son prénom était ancré à jamais dans sa mémoire. La seule en compagnie de qui il avait envie d'être. Celle qui lui avait fait perdre tout goût pour ses congénères.

Sa divine maîtresse d'un soir dont le souvenir lui enflammait les sens.

À cette pensée, un sourire naquit sur ses lèvres pour s'évanouir aussitôt.

Mia allait travailler pour Castello !

Une fois certain que Sarah avait quitté l'étage, Dante décrocha son téléphone. Il n'appela toutefois pas l'homme d'affaires.

— Bonjour, Mia. Dante à l'appareil. Matteo Castello vient de me demander de lui fournir une référence sur toi. S'agit-il d'une plaisanterie ?

Mia, qui avait décroché sans regarder le nom inscrit sur l'écran, resta quelques instants muette. La voix grave si musicale de Dante la troublait toujours autant. Son ton ironique, en revanche, lui déplut souverainement. Rafael disparu, sa vie lui appartenait. Elle ne devait rien à son fils et ne se laisserait pas impressionner !

— Absolument pas. J'ai besoin de travailler.

— Soit, mais est-ce une raison pour rejoindre la concurrence ?

— N'exagère pas. Votre entreprise est cent fois plus importante. Même si ton père m'a donné une excellente référence, avoir été sa femme en diminue le poids. Ma supérieure de l'époque dans vos bureaux de Londres, qui aurait été moins partiale, est partie, et je n'ai pas donné ton nom pour une recommandation. Au cas où cela t'intéresse, j'ai postulé pour différents emplois, donc si cela te pose un problème je peux retirer ma candidature.

— Non, ce n'est pas ça. En fait, Castello n'est pas... recommandable. C'est un coureur de jupons, pour être plus précis.

— Il m'a paru poli et charmant.

— C'est seulement une apparence, crois-moi...

Mia ne répondit pas. Assise sur le canapé de son petit salon, la gorge serrée et au bord des larmes, elle s'efforçait de calmer les battements de son cœur. Lui avouer sa grossesse n'était pas son principal problème ; elle n'avait pas encore décidé si elle le ferait ni quand.

Ce qui la perturbait davantage était son désir permanent de lui, de ses caresses, de sa bouche, mais aussi de son sourire qu'il offrait si généreusement aux autres femmes, mais dont il ne l'avait gratifiée qu'une fois.

— Mia, tu es toujours là ?

— Oui, mais je dois te quitter.

— Attends, j'avais un autre point à aborder : tu n'as pas répondu à l'invitation de la Fondation Romano.

— En effet.

Et pour cause ! Entre s'y montrer enceinte ou risquer de défaillir à la seule vue de Dante, elle ignorait quel était le pire !

— As-tu l'intention de venir ?

— Je ne sais pas. Pourquoi voudrais-je descendre dans la fosse aux serpents ?

— Pour soutenir la cause des enfants malades ?

— Allons, Dante, cette soirée sera une réussite avec ou sans moi, tu le sais.

Malgré sa réponse désinvolte, Mia sentit son pouls s'accélérer. Une brusque joie l'envahit. Dante voulait qu'elle vienne ! Jamais jusque-là il ne s'était soucié de savoir si elle serait présente ou non à un quelconque événement.

— Ma mère n'y viendra pas.

— Ce n'est pas elle qui m'inquiète !

— Si tu as besoin d'une robe de gala…

— J'en ai déjà une, l'interrompit-elle, persuadée désormais qu'il essayait de la convaincre. Celle prévue pour le bal de l'an dernier auquel je n'ai pas pu assister. Tu t'en souviens ?

— Oui, mon père était déjà trop malade pour se déplacer… Écoute, Mia, Roberto t'escortera à table et je m'assurerai que personne ne fera preuve d'animosité à ton égard. Je parlerai à Ariana.

— Dante, ta sœur est le cadet de mes soucis.

— Si tu crains que l'histoire puisse se répéter…

Dante s'interrompit brusquement.

Consciente de son hésitation, Mia attendit, le cœur battant, mais lorsqu'il poursuivit, sa voix était à nouveau ferme.

— À toi de voir. Naturellement, une suite est déjà réservée à ton nom à l'hôtel. Fais part de ta décision à Sarah afin qu'elle puisse prendre ton billet d'avion.

— D'accord.

Un silence suivit sa réponse. Elle craignait qu'il raccroche brusquement, tout comme il l'avait fait la première fois où il l'avait appelée, quand il demanda soudain :

— Tu vas bien, Mia ?

La question ne portait pas sur sa peine d'avoir perdu Rafael, elle en était certaine. Il voulait savoir si leur rencontre n'avait vraiment pas eu de conséquences.

Mia se mordit la lèvre. Devait-elle saisir cette occasion ? Non. Elle n'était pas prête. De toute manière, une grossesse, surtout non désirée, ne s'annonçait pas par téléphone.

— Oui, très bien.

Et c'était vrai. Mia s'était habituée à l'idée d'avoir un enfant, en était même heureuse, et savourait ce bonheur inattendu.

— Parfait.

En raccrochant, Dante était perplexe. Il avait perçu l'hésitation de Mia. Lui aurait-elle menti ?

Il s'efforça de faire taire sa nature suspicieuse. Elle avait dit avoir pris la pilule du lendemain, n'avait pas contesté le testament de Rafael et avait quitté Luctano le soir même de l'enterrement, sans profiter des trois mois qui lui avaient été alloués. Si elle avait été enceinte, il l'aurait appris d'une manière ou d'une autre.

Le moment était peut-être venu de commencer à lui faire confiance.

Et pourquoi pas reprendre une relation avec elle ? En toute discrétion, bien sûr.

Dante se rappela comment, dans son désir de la convaincre

d'assister au bal, il avait été sur le point de lui promettre que leur histoire ne se répéterait pas. Dieu merci, il s'était tu à temps ! Il avait été incapable de mentir…

Un feu brûlait en lui, qui demandait à être éteint avant qu'il le consume totalement.

Pourvu qu'elle vienne au gala de la Fondation !

7.

Ayant trop longtemps hésité à assister au gala annuel de la Fondation Romano, Mia n'avait pas appelé Sarah, préférant réserver elle-même son billet au dernier moment. En conséquence, seule une compagnie charter avait encore des places disponibles, le vol avait été inconfortable et personne ne l'attendait à sa descente d'avion à l'aéroport Fiumicino. En proie à une grande nervosité, elle prit un taxi pour rejoindre le Fiordelise, l'hôtel où avait lieu la soirée.

L'endroit étant réputé assez chic, Mia avait pris garde de soigner son apparence et portait une élégante robe couleur lavande ainsi que des escarpins assortis. Tout en traversant Rome, elle se remémora sa principale résolution. Si Dante la traitait à nouveau avec son mépris habituel, elle ne lui parlerait pas de sa grossesse qui pour l'instant ne se devinait pas. Sinon…

Elle déciderait sur le moment.

Inutile de se torturer à l'avance.

Les rues de la capitale italienne n'étaient pas encore aussi fleuries que l'été, mais les glycines égayaient déjà maisons et monuments de leurs grappes violettes. Mia aurait bien aimé profiter de ce voyage pour flâner en ville, ce qu'elle n'avait pas fait depuis longtemps car la santé de Rafael les avait obligés à rester à Luctano, mais elle n'était pas venue faire du tourisme… De plus, n'ayant pu obtenir de rendez-vous chez le coiffeur avant de partir, se préparer pour le gala lui prendrait du temps.

Comme le taxi s'arrêtait devant le somptueux édifice de marbre blanc qui serait son domicile pour une nuit, le portier se précipita à sa rencontre.

— Quel plaisir de vous revoir, *signora* Romano.

Mia fut étonnée qu'il la reconnaisse, puis songea que pour un événement de cette importance, le personnel avait dû recevoir une liste des invités sur laquelle elle figurait certainement en tête en tant qu'épouse de Rafael.

Elle venait de franchir les grandes portes du Fiordelise, prête à se diriger vers la réception afin d'enregistrer son arrivée, lorsque le séduisant Gian De Luca, le propriétaire de l'hôtel, s'approcha pour l'accueillir en personne.

— Soyez la bienvenue, *signora* Romano, déclara-t-il. Nous sommes extrêmement honorés de votre présence dans notre établissement.

Après un échange courtois de politesses, il la confia au directeur chargé de l'escorter jusqu'à sa suite.

Se sentir prise en mains la rasséréna un peu. Trois mois à Londres lui avaient presque fait oublier les avantages d'être une Romano…

Tout au long de la montée dans le superbe ascenseur art déco, Mia écouta d'une oreille distraite l'homme lui énumérer les services réservés aux clients de marque. Sa préoccupation du moment, loin de l'usage du spa ou de la salle de sport, concernait sa tenue. Elle venait de réaliser, en voyant les moquettes pourpres du hall d'entrée, qu'elle avait apporté la robe longue prévue pour le gala de l'année précédente : un fourreau de soie rouge sang, magnifique certes mais dont la couleur et la coupe sensuelle dénudant ses épaules et son dos étaient désormais inappropriées à son statut de veuve. Un impair que la famille Romano ne lui pardonnerait pas de sitôt. Hélas, il était trop tard pour y remédier.

La suite était somptueuse. Des murs tendus de soie, de charmantes aquarelles représentant les monuments de Rome, un exquis mobilier ancien – dont un majestueux lit aux draps en fin coton d'Égypte, et bien sûr les équipements les plus modernes.

Tout cela rien que pour elle !

Mia était émerveillée. Et pas d'Angela pour lui gâcher la fête !

Elle se souvenait de l'insistance de cette dernière pour conserver le droit d'assister au gala après son divorce. Rafael s'était cependant montré très ferme : une épouse Romano suffisait.

— J'espère que vous vous plairez ici, *signora* Romano, déclara le directeur. S'il vous manque quelque chose ou si je puis vous aider en quoi que ce soit, n'hésitez pas à me faire appeler.

— En fait, je souhaiterais avoir un rendez-vous chez le coiffeur. Est-ce possible ?

— Aucun problème. Je vais vous envoyer immédiatement notre styliste.

Ce qu'il fit sur-le-champ au moyen d'un simple coup de téléphone.

Quelques minutes plus tard, une jeune femme se présentait à la porte de Mia. Après une courte discussion, son programme beauté fut établi. Un bain suivi d'un massage, puis coiffure, maquillage, manucure et pédicure. Avant cela, elle disposait d'une heure pour se reposer. Et la coiffeuse la laissa, emportant sa robe afin de la faire rafraîchir par le pressing de l'hôtel.

Quelle organisation parfaite !

Et ce n'était pas terminé. La porte à peine refermée, une employée arriva. Le grand service continuait, cette fois on lui apportait du thé accompagné de toutes sortes de pâtisseries !

Mia lui demanda d'installer le tout sur la terrasse de sa suite. Un peu d'air frais lui ferait du bien après l'atmosphère confinée de l'avion. Sa tasse à la main, sans toucher aux gâteaux car elle était trop nerveuse pour manger, elle admira la vue sur la piazza Navona en contrebas, ses splendides statues et ses fontaines.

Un peu plus tard, tandis qu'après s'être relaxée dans un bain parfumé elle s'abandonnait aux mains de la coiffeuse et des esthéticiennes, Mia se sentit dans la peau de Cendrillon, entourée de bonnes fées qui la préparaient pour le bal et la rencontre avec son prince charmant. Sauf que l'homme qu'elle attendait de revoir avec une impatience mêlée de crainte n'était pas prince. Il pouvait cependant se montrer assez charmant, à sa manière…

Écartant cette pensée, elle ferma les yeux. Se faire dorloter de la sorte était divin. Pendant son mariage avec Rafael, elle s'était tenue éloignée de la vie mondaine, lui préférant le calme de leur retraite toscane. À présent, Mia prenait pleinement conscience du style de vie luxueux des Romano.

Cela raviva ses inquiétudes au sujet de sa prochaine rencontre avec Dante. Comment allait-il se comporter ? Auraient-ils l'occasion de discuter en privé, et dans ce cas lui parlerait-elle du bébé ?

Mais plus que lui annoncer sa grossesse, c'était l'idée de le revoir qui la rendait nerveuse.

Mia finissait de s'habiller lorsqu'on frappa trois coups à sa porte. Les employées du spa s'éclipsèrent aussitôt en voyant entrer le propriétaire de l'hôtel.

— Un cadeau pour vous, *signora* Romano, dit Gian De Luca en lui tendant un écrin en velours noir.

La couleur exacte qu'aurait dû avoir sa robe, ne put s'empêcher de penser Mia.

Une enveloppe accompagnait le cadeau. À l'intérieur se trouvait un bristol porteur de deux lignes manuscrites :

Merci d'être venue
Dante Romano.

Mia ouvrit l'écrin, avant de se figer, stupéfaite à la vue de son contenu. Une paire d'exquises boucles d'oreilles dormeuses en or dont le pendant était formé d'une chute de diamants brillant de mille feux.

Pas étonnant que Gian se soit déplacé en personne pour effectuer la livraison. Ce bijou devait coûter une fortune ! Il ne pouvait s'agir d'un cadeau, décida-t-elle, ce devait être un prêt. Dante avait peut-être craint de la voir faire figure de parent pauvre.

Une fois seule, elle admira son reflet dans le miroir, se reconnaissant à peine. Son maquillage était légèrement plus soutenu qu'elle l'aurait souhaité, mais c'était nécessaire selon l'esthéticienne, étant donné sa tenue et l'occasion. Sa robe, achetée un an auparavant, moulait davantage sa poitrine qui s'était déjà épanouie, heureusement pas de manière trop visible, et les boucles d'oreilles complétaient l'ensemble à la perfection.

Mia prit une profonde inspiration puis se dirigea vers l'ascenseur.

Plus que quelques minutes avant de revoir Dante !

Les enfants Romano, assemblés devant les grandes portes de la salle de bal du Fiordelise, accueillaient leurs invités. Dante, debout entre Ariana et Stefano, absolument sublime en smoking, darda aussitôt sur elle son regard sombre, détaillant chaque centimètre de son corps tandis qu'elle s'avançait vers eux. Lorsque sa sœur la remarqua à son tour, elle ne dissimula pas sa désapprobation :

— Quelle tenue pour une épouse en deuil !

Cette peste – en robe longue noire, bien sûr ! – avait sciemment parlé assez fort pour qu'elle l'entende, mais Mia réussit à ne pas se départir de son calme.

— Je t'ai avertie, Ariana, je ne tolérerai aucun manquement à la courtoisie ! répliqua Dante avant de se tourner vers elle. Merci d'être venue, Mia. Tu es superbe.

— J'ai oublié de répondre à l'invitation, je te prie de m'en excuser.

— Aucune importance. Tu es là, c'est l'essentiel. Comment vas-tu ?

— Bien.

Si se consumer de désir pour lui pouvait être considéré comme positif, songea-t-elle tandis que Dante serrait sa main dans la sienne avec une pression trop appuyée pour un geste de simple politesse, et que l'odeur de son eau de toilette l'enveloppait d'un nuage sensuel.

Si Ariana et Stefano tiquèrent devant la soudaine familiarité de leur frère envers elle, ils n'en montrèrent rien, se contentant d'assister à cet échange le sourire aux lèvres, avant de s'éloigner pour saluer de nouveaux arrivants.

— Où est Roberto ? demanda Mia. Il devait m'escorter à table, non ?

— Il ne va pas très bien. Rien de grave, je pense. Il est très fatigué depuis le décès de mon père et s'excuse de ne pas pouvoir venir.

— J'en suis désolée, j'aurais été heureuse de le voir.

— Je pourrais t'accompagner, mais je crains que cela ne soit déplacé.

— En effet, répondit Mia très vite.

Même si savoir qu'il y avait pensé était réconfortant, entrer ensemble aurait suscité trop de commérages.

— Toutefois, poursuivit Dante, j'ai demandé à Gian…

— Inutile de faire appel à tes amis, l'interrompit-elle, je suis tout à fait capable d'entrer seule.

— Je ne pourrai pas non plus danser avec toi. Tu le comprends, j'imagine.

— Bien sûr.

Le maître de cérémonie interrompit leur bref tête-à-tête d'un signe de main destiné à Dante. Celui-ci s'excusa et la laissa, aussi troublée que si elle venait de recevoir un baiser passionné.

Lorsqu'elle pénétra dans la salle de bal, toutes les têtes se tournèrent dans sa direction. Mia entendit les murmures, devina qu'ils concernaient le rouge éclatant de sa robe, mais traversa la pièce la tête haute jusqu'à la table réservée à la famille au bord de la piste de danse, face à l'estrade.

À son arrivée, tous se levèrent en signe de respect. Elle survolait les noms inscrits sur les cartons devant chaque assiette quand Gian apparut soudain à sa droite et lui indiqua sa place. Elle lui fut très reconnaissante de son soutien – et de celui de Dante qui sans nul doute venait de le dépêcher à sa rescousse.

Il s'assit près d'elle après l'avoir présentée à son autre voisin, un ministre qui entama aussitôt la conversation. Dante avait dû veiller à ce qu'elle soit bien entourée. Cette prévenance la toucha.

Quelques minutes plus tard, les enfants Romano arrivèrent pour compléter la table. Stefano et Eloa prirent place côte à côte. Ariana rejoignit un jeune homme qui devait être son petit ami à en juger par la manière tendre avec laquelle il lui prit la main. Luigi et Rosa étaient déjà assis ensemble. Dante, lui, s'installa face à Mia, entre l'épouse du ministre et une jeune fille, très belle, riant pour un rien et le couvant d'un regard béat d'admiration.

Aurait-il eu la cruauté de convier sa maîtresse ?

Mia l'ignorait, mais était certaine d'une chose : si cette

demoiselle n'avait pas encore partagé le lit de l'aîné des Romano, elle ne se ferait certainement pas prier si ce dernier le lui demandait !

Le maître de cérémonie réclama alors l'attention générale et prononça le discours d'introduction à la soirée avant de terminer par ces mots :

— Portons à présent un toast à la mémoire de notre cher Rafael Romano avec ce champagne en provenance directe de sa cave personnelle !

Mia leva son verre en même temps que les autres, mais se contenta d'y tremper ses lèvres. Plus d'alcool pour elle jusqu'à la naissance. Personne ne sembla remarquer son abstinence et les conversations reprirent avec l'arrivée de l'entrée : des raviolis au pecorino accompagnés d'une sauce à la truffe blanche. Un régal qu'elle aurait plus apprécié si son estomac n'avait été aussi noué.

— C'était le plat préféré de Rafael, dit-elle à Gian.

— En effet. Ariana a composé le menu en hommage à son père. Les truffes viennent de sa propriété.

— C'est une touchante attention.

Elle leva les yeux vers sa belle-sœur qui, depuis son arrivée à table, restait ostensiblement tournée face à son voisin afin de ne pas avoir à la regarder. Du coin de l'œil, elle vit alors la voisine de Dante lui poser une main sur le bras pour attirer son attention. Une réussite, car il lui adressa un sourire charmé. La brûlure de la jalousie – non larvée cette fois – fondit sur elle. Elle aurait tellement aimé être à sa place…

Un filet de porc aux pommes suivit les raviolis, puis un assortiment de desserts traditionnels. Lorsque le café arriva, Eloa lui adressa enfin la parole.

— Ariana a fait un travail d'organisation parfait. Elle nous aide d'ailleurs à préparer notre mariage.

— C'est formidable. Quelle date avez-vous choisie ?

— Le mois de mai.

Brusquement, Ariana lança un regard noir à Eloa – dont le visage se colora aussitôt – avant d'intervenir.

— Ce sera une grande cérémonie. Tous les gens qui comptent dans notre monde sont déjà invités.

Et Mia, ne l'ayant pas été, n'en faisait visiblement pas partie ! Même si elle aurait décliné une invitation, ne pas avoir été conviée la blessa. Elle n'était plus une des leurs, et cela la peina soudain. En dépit de leur attitude à son égard, ils lui avaient manqué. Une réaction hormonale, sans doute !

Par chance, le maître de cérémonie annonça l'ouverture de la piste de danse en attendant le début de la vente aux enchères. Tous les convives se levèrent. Seul le ministre resta tenir compagnie à Mia, pour qui il aurait été incorrect de s'amuser après son récent veuvage. Cet homme galant lui raconta une série d'anecdotes concernant Rafael, mais elle l'écoutait à peine. Voir Dante évoluer au bras de sa partenaire était une réelle torture. Elle suivait chacun de ses mouvements, s'imaginant lovée contre son corps, haïssant la jeune fille qui avait la chance de le sentir la frôler.

— Ma femme et moi assistons à ce gala chaque année, mais vous n'y étiez pas, ces deux dernières années…

Mia reporta aussitôt son attention sur le ministre. Juste après leur mariage, Rafael avait trouvé une excuse pour éviter le premier bal. L'année suivante, Mia s'était préparée pour l'événement, mais l'état de son époux ayant brusquement empiré, ils étaient restés à Luctano.

— En effet, Rafael était déjà malade.

— Je comprends, à présent…, répliqua le ministre.

Et, visiblement blessé de ne pas avoir été mis dans la confidence à l'époque, il lui expliqua tout ce qu'il avait fait pour la Fondation. Mia cependant venait de voir Rafael rire à un propos de sa compagne. Soudain, comme s'il avait senti son regard, il tourna la tête vers elle. Une intolérable douleur lui étreignit le cœur et elle sentit des larmes brûlantes lui monter aux yeux.

— Je vous prie de m'excuser quelques minutes, lança-t-elle à son interlocuteur.

Mia quitta la salle de bal en toute hâte pour se réfugier dans les toilettes où elle s'enferma le temps de se ressaisir. À sa sortie, une vieille dame en train de se laver les mains l'aborda :

— Cette soirée doit être une terrible épreuve pour vous, *signora* Romano. Nous aimions tous votre mari, un homme aux innombrables qualités…

— Je vous remercie, l'interrompit Mia, peu encline à entamer une conversation. Excusez-moi, je dois rejoindre ma place à table.

Elle venait de quitter la pièce, lorsque Dante surgit.

— Suis-moi ! J'ai besoin de prendre l'air, déclara-t-il en lui prenant le bras.

Et, sans attendre sa réponse, il l'entraîna dans le jardin.

Dante comprit, à son souffle rapide et ses yeux qui lançaient des éclairs, que Mia, d'ordinaire si posée, était jalouse. Une manifestation de ce style chez une autre lui aurait fait prendre la poudre d'escampette sur-le-champ, mais de sa part, c'était étrangement excitant.

— Chiara est la fille unique du ministre, pas ma petite amie, précisa-t-il.

— Tu flirtais avec elle !

— Certainement pas.

— Si, je t'ai vu rire !

— Je voulais donner un tour léger à cette danse. Chiara essaie sans cesse de me séduire, c'est la même chose chaque année, bien que d'habitude je vienne accompagné. Elle est au comble de l'enthousiasme ce soir car je semble être seul. Mais je ne le suis pas.

Dante se rapprocha alors de Mia avant de demander en la regardant droit dans les yeux :

— Sais-tu avec qui je suis ?

— Avec moi ?

— Oui, et ne l'oublie pas. Danser fait partie de mes obligations, mais la seule avec qui je veuille le faire, c'est toi. Sache que, dorénavant, chaque fois que tu assisteras à ce bal, j'y viendrai seul.

Si, en revoyant Mia, Dante avait eu l'intention de s'accorder une nuit supplémentaire avec elle, à présent la perspective de la retrouver ne serait-ce qu'une seule fois tous les ans lui parut délectable. C'était même un engagement qu'il était prêt à prendre avec plaisir, ce qu'il n'avait encore jamais fait avec une autre femme.

L'idée de cette relation à la fois épisodique et régulière avait tout pour le séduire.

Lorsqu'il l'avait vue arriver devant la salle de bal, sublime dans sa robe au rouge éclatant, il avait admiré son cran, tout en pensant que si elle avait fait son entrée ainsi vêtue au bras de Rafael, cela aurait été un abominable supplice pour lui. Il avait aussitôt remarqué *ses* diamants à ses oreilles, alors qu'elle ne portait pas les bagues offertes par son mari. Une petite victoire…

— Tu as mis les boucles d'oreilles, murmura-t-il tout en posant une main sur sa nuque pour effleurer d'un doigt un des étincelants bijoux.

— Oui. Je te remercie. Dois-je les laisser dans le coffre de ma suite en partant ?

— Non. Elles t'appartiennent.

— Je ne peux pas accepter ce cadeau, Dante.

— Tu le dois pourtant. J'y tiens.

Le visage de Dante n'était qu'à quelques centimètres de celui de Mia. Elle sentait son souffle sur sa peau, l'odeur de son parfum, et ses lèvres si proches…

Trop proches !

Le contact de sa main sur son cou avait allumé un brasier au cœur de son intimité et, lorsqu'il la fit glisser le long de son bras jusqu'à sa taille, un frisson lui parcourut le corps, accompagné d'une étrange sensation de danger.

— On devrait rentrer…

— Sais-tu, murmura-t-il tout contre son oreille, que cet hôtel porte le nom de la maîtresse d'un duc ?

Sa question dissimulait-elle une invitation à une liaison suivie ?

Mia recula la tête pour regarder Dante. Un ardent désir brillait dans ses yeux.

— Je l'ignorais, lâcha-t-elle dans un souffle.

— D'après la légende, le duc et la duchesse propriétaires de cette résidence à l'époque donnaient un dîner en l'honneur d'un prince et de son épouse. Le duc étant en retard pour accueillir ses invités, ce qui arrivait chaque fois qu'il rendait visite à sa maîtresse, il fut décidé que Fiordelise s'installerait au manoir, dans la chambre contiguë à la sienne. Dès lors, ce brave homme fut à l'heure le restant de ses jours.

Incapable de soutenir le regard brûlant de Dante, Mia allait faire un pas en arrière lorsque Dante approcha ses lèvres des siennes.

— Nous ne pouvons pas faire ça.

— Pourquoi ? demanda-t-il en pressant la main au creux de ses reins. J'ai envie de toi, Mia.

— Dans ce cas, nous devons nous retrouver ailleurs, en toute discrétion.

Elle frissonna à la simple pensée d'être bientôt à nouveau nue entre ses bras, contre son corps puissant, mais déjà il ôtait sa main de son dos et, un quart de seconde plus tard, pressait un petit objet froid dans la sienne.

— Ce n'est pas un problème. Si tu veux toujours de moi ce soir, tourne cette clé dans la porte de ton salon. Le verrou sera déjà ouvert de mon côté.

Mia serra les doigts autour du précieux sésame. Devait-elle saisir cette occasion d'avertir Dante de sa grossesse ? La question ne se posa pas car Stefano surgit sur les marches descendant vers le jardin.

Dieu merci, ils n'étaient plus très proches l'un de l'autre, et Dante eut le réflexe de se lever.

— Dépêche-toi de rentrer, Dante, le maître de cérémonie t'attend pour annoncer ton discours…

— J'arrive.

Dante s'éloigna derrière Stefano, laissant Mia ranger la petite clé dans sa pochette et rentrer seule.

Tandis qu'il parlait de l'importance de la Fondation Romano aux yeux de son père et de ses actions caritatives en faveur des enfants malades, Mia s'efforça de rester naturelle, aussi calme que pendant le repas. Sous sa main, la clé lui brûlait la paume à travers la soie de la délicate pochette de soirée.

Elle ne pensait plus qu'à sa nuit avec Dante.

8.

Le discours fut suivi de la vente aux enchères destinée à recueillir des fonds pour les enfants hospitalisés, puis les invités rejoignirent à nouveau la piste de danse. Mia trompa son impatience en bavardant tour à tour avec Gian et le ministre avant de s'éclipser pour rejoindre sa suite une fois un temps raisonnable écoulé.

Sur la table basse du salon trônait un énorme bouquet de roses, du rouge exact de sa robe, à côté d'une bouteille de champagne plantée dans un seau à glace et d'un assortiment de chocolats fins posés sur un plateau d'argent.

La couleur des fleurs ne pouvait être une coïncidence, Dante avait dû l'étudier avec soin pour commander cette nuance particulière. Donc, en plus d'être capable de tendresse, il savait être romantique…

Mia repéra la porte de la chambre adjacente, puis sortit la petite clé plate de sa pochette. Malgré son envie de l'introduire immédiatement dans la serrure afin de retrouver au plus vite les bras de Dante, elle se demanda s'il ne serait pas judicieux de l'informer d'abord de sa grossesse.

Paniquée à l'idée d'encourir sa colère, qui serait certainement sa première réaction, elle jugea préférable de la lui annoncer par écrit. Cela lui laisserait le temps de digérer l'information et de décider s'il désirait toujours la revoir. Une fois sa missive glissée sous la porte, il lui suffirait alors d'attendre…

Mais une fois assise devant le majestueux bureau de chêne, face au papier vélin épais frappé du sigle de l'hôtel, l'inspiration lui fit défaut.

« Je suis enceinte » était trop bref, trop brutal surtout. Une introduction s'imposait.

Dante,

Je ne sais comment te dire...

Dante,

Après avoir pris la pilule du lendemain, j'ai été malade...

Dante...

C'était mission impossible !

De plus, lui avouer sa grossesse équivalait à briser la magie de la nuit à venir.

Mia prit alors la première décision foncièrement égoïste de sa vie : elle lui parlerait, certes, mais plus tard...

Le cœur battant à tout rompre, elle froissa son brouillon de lettre, le jeta dans la corbeille à papier, puis saisit la petite clé.

Au moment où elle la tourna dans la serrure, la poignée s'abaissa comme par enchantement. Dans la seconde suivante, Dante ouvrait la porte et la serrait dans ses bras.

— Mia, enfin...

Il lui embrassa les tempes, le front et les paupières avant de laisser glisser sa bouche le long de son cou.

Mia oublia alors ses craintes et ses hésitations. Ils étaient seuls, ensemble, et la nuit leur appartenait. Sa révélation pouvait attendre. La seule qu'il était prêt à partager dans l'immédiat était son désir de lui. Les trois derniers mois sans le voir avaient été un véritable calvaire.

— Oh ! Dante. Tu m'as tellement manqué !

Lorsqu'il posa les lèvres sur les siennes, Mia laissa libre cours à la passion qui l'animait, répondant à ses baisers avec une fougue identique à la sienne. Elle sentit la fermeture Éclair de sa robe glisser jusqu'à sa taille, puis les doigts de Dante se refermer sur ses seins. Un gémissement lui échappa. Il accentua sa pression tandis qu'il mêlait sa langue à la sienne. Une onde fulgurante et brûlante se déversa dans ses veines, embrasant son intimité.

Une audace soudaine remplaça alors l'habituelle timidité de Mia. Les doigts tremblants, elle défit en toute hâte les boutons de la chemise de Dante et lui retira sa ceinture...

Tandis que, après s'être débarrassé prestement de ses vêtements, il se couvrait d'un préservatif, pendant une fraction de seconde l'idée la traversa de lui dire que ce n'était pas nécessaire. Elle disparut aussi vite qu'elle lui était venue. Mia ôta donc son léger slip et s'apprêtait à en faire autant de sa robe lorsqu'il la saisit par les hanches.

Dante avait attendu si longtemps le moment de retrouver Mia qu'il ne prit pas la peine de l'emmener jusque dans la chambre. Leur désir était trop intense pour ne pas être assouvi dans l'instant. Il la prendrait plus tard tout à loisir, décida-t-il. D'ailleurs, elle avait déjà enroulé les jambes autour de sa taille.

Alors qu'il se dirigeait vers le mur, il heurta la table. Le vase de roses se renversa avec fracas, mais ni l'un ni l'autre n'y prêtèrent attention. Dans la seconde suivante, il pénétrait Mia avec toute l'ardeur accumulée en trois mois d'une exceptionnelle abstinence.

Jamais Dante n'avait fait l'amour à une femme avec une telle précipitation. Les gémissements de Mia décuplaient son désir et sentir enfin la douce chaleur de son intimité lui ôtait toute retenue.

— Oui, Dante, maintenant !

Incapable de résister à sa supplique, d'un ultime coup de

reins, il les emmena tous deux sur les sommets de l'extase et, lâchant un cri, enfouit la tête dans le cou de Mia.

Lorsque les battements de leurs cœurs se furent calmés, il lui déposa un doux baiser sur les lèvres. Il la porta ensuite jusqu'à sa chambre et s'allongea à côté d'elle sur le lit, rêvant déjà de lui enlever sa robe pour honorer à nouveau son corps, avec une douce lenteur cette fois, tout au long de la nuit.

Dante se redressa sur un coude et effleura du bout des doigts la joue de Mia.

— Quel va être notre sort, à présent ? Nous rencontrer une fois par an dans ce palace à l'histoire décadente ou…

Comme elle fermait les yeux, il s'interrompit, la devinant peu disposée à affronter les scandales que ne manquerait pas de causer leur liaison. Lui en revanche s'en moquait et, face à sa réticence, commença même à envisager plus que des retrouvailles espacées, voire une ébauche de futur stable avec elle. Il savait à présent pouvoir lui faire confiance et éprouvait une attirance beaucoup plus profonde qu'un simple désir sexuel, ce qui ne lui était jamais arrivé auparavant.

— Alors, Mia, que devrions-nous faire, à ton avis ?

— Je ne sais pas…

Elle ouvrit soudain les yeux et fixa sur lui son regard au bleu limpide.

— Je suis enceinte.

Cette révélation fit à Dante l'effet d'une gifle en plein visage. Il resta muet quelques secondes, totalement sidéré. Puis, peu à peu, une évidence s'imposa à lui. Quel imbécile de lui avoir fait confiance au point de presque s'engager avec elle !

Un rictus méprisant lui monta aux lèvres tandis qu'il se levait d'un bond.

— Bien sûr…

— Que veux-tu dire ?

— Que je comprends à présent la raison de ta présence au bal et dans ce lit. Serais-tu déjà à court d'argent ? Combien te faut-il de plus ?

— S'il te plaît, Dante…

— Inutile de me supplier. Appelle nos avocats, communique-leur le montant. Tu recevras ma réponse après avoir réalisé un test ADN.

— Me crois-tu heureuse d'être dans cette situation ?

— Oh ! oui ! Tu te trouves exactement là où tu avais prévu d'être.

Il se pencha vers elle, posa les deux mains au bord du lit et la fusilla du regard.

— Je t'avais demandé de prendre une contraception d'urgence.

— Mais je l'ai fait, protesta-t-elle.

— Tu me prends vraiment pour un imbécile ! Et je le suis. J'aurais dû t'accompagner et m'assurer que tu avales cette fichue pilule. Mais au lieu de cela je t'ai fait confiance. Et voilà le résultat !

Il eut la piètre satisfaction de voir Mia s'enfoncer dans l'oreiller comme pour échapper à sa colère.

— Je n'avais aucune expérience de ce genre de médicament. D'autre part, j'étais la proie de tant d'émotions que j'ai oublié de prendre mon comprimé habituel contre le mal des transports. Bien sûr, j'ai été malade juste après le décollage. Vu ta grande expertise en contraception, tu aurais pu me prévenir que cette pilule pouvait causer des nausées, et surtout qu'en cas de vomissement dans les trois heures suivant son ingestion elle perdait toute efficacité.

— Je ne suis pas un expert ! Le pharmacien aurait dû t'en avertir.

— Comment voulais-tu que je le comprenne ? Il parlait italien et à toute allure !

— J'en ai assez entendu ! s'exclama Dante en quittant la chambre.

Mia le suivit, plaidant sa cause pendant qu'il se rhabillait. Dante remarqua qu'elle tremblait, mais il n'avait que faire d'elle et de ses simagrées. Une intrigante, voilà ce qu'elle était ! Rien d'autre.

— J'ai fait une erreur, j'en suis consciente, crois-moi. Je comprends que tu sois fâché, tu ne voulais pas d'enfant, mais si cela peut te rassurer, je ne souhaitais pas être enceinte. Je n'avais qu'une envie : voir les Romano disparaître de ma vie à jamais.

— Bien sûr, et c'est pour ça que tu es venue assister au bal ! Épargne-moi tes balivernes, tu me racontes des mensonges depuis le premier jour. Tu t'es d'abord présentée comme l'assistante de mon père tout en sachant que tu allais briser notre famille. Ensuite, tu as joué les épouses aimantes et comblées. Et tu voudrais que je croie à cette histoire de pilule, à présent ? Pas question ! Tu sèmes le malheur partout où tu passes, Mia.

Il lui tourna le dos pour rejoindre sa chambre, puis revint sur ses pas et saisit la bouteille de champagne avant de lui décocher une dernière flèche.

— Je la prends, tu n'en as pas l'utilité dans ton état !

Dante franchit le seuil et claqua la porte derrière lui.

9.

Après avoir entendu la clé tourner dans la serrure, Mia resta quelques minutes sans bouger, puis regagna sa chambre avec le cœur brisé. Malgré sa peine, elle ne parvenait pas à en vouloir à Dante.

Rafael lui avait parlé des tentatives de reconnaissance en paternité dont son aîné avait fait l'objet. Une femme en particulier avait clamé être enceinte deux mois après un simple dîner d'affaires avec lui, et elle avait maintenu son accusation jusqu'au résultat du test ADN. Tous les moyens étaient bons pour mettre la main sur la fortune des Romano.

Même si Mia ne s'était pas attendue à ce que Dante la croie sur parole, son manque de confiance et son mépris affiché la chagrinaient.

Ressasser les événements précédents ne servant à rien, à part nuire à son bébé, elle s'appliqua à accomplir son rituel d'avant le coucher. Elle suspendit sa robe, se démaquilla et se doucha puis enferma dans le coffre les somptueuses boucles d'oreilles, tapant en guise de combinaison les quatre premiers chiffres qui lui vinrent à l'esprit.

Une fois dans son lit, cependant, le sommeil la fuit. Les heures passèrent avec une lenteur désespérante. Parler à Dante ne l'avait pas soulagée, bien au contraire.

Au désespoir, Mia s'efforça de se concentrer sur sa respiration et son retour à Londres prévu le lendemain.

Fatigue et émotions finirent cependant par avoir raison d'elle, et elle sombra dans un sommeil sans rêves.

Dante posa la bouteille de champagne emportée par simple esprit de provocation. Il n'avait aucune envie de boire, et certainement rien à fêter !

Quel imbécile de n'avoir pris aucune précaution ce soir fatidique, à Luctano ! Cela ne lui était jamais arrivé auparavant. Bien que peu enclin à la compassion, il imagina la détresse de Mia après le drame qui venait de se jouer. Mais elle lui avait caché sa grossesse lorsqu'il l'avait appelée à Londres ! Et s'il s'agissait vraiment d'un accident ?

À ce doute succéda une pure panique.

Un bébé !

Comment assumer la responsabilité d'un enfant, alors que celle de sa famille lui suffisait amplement ? Il serait coincé à Londres pour participer à son éducation avec Mia. Dire qu'il avait envisagé la possibilité d'entamer une relation régulière avec elle ! À présent, il serait contraint d'en avoir une, mais pas celle souhaitée dans l'émotion de l'instant…

Le reste de la nuit s'écoula ainsi, entre agitation et accès de somnolence.

Lorsque, à 6 heures du matin, son téléphone vibra, Dante décrocha aussitôt. Sarah, son assistante, lui annonça de but en blanc que des photos compromettantes de lui en compagnie de Mia la veille au soir dans le jardin du Fiordelise étaient en train d'être vendues aux journaux.

— Savez-vous qui les a prises ?

— Pas encore. C'est peut-être un coup monté par Mia dans l'espoir de…

— Non, l'interrompit Dante. C'est moi qui l'ai emmenée là-bas.

Sarah était brillante et suspicieuse de nature, mais il ne pouvait laisser accuser Mia de ce fait dont elle n'était pas coupable. En un éclair, il sut exactement comment réagir.

— Inutile de rechercher l'auteur de cette fuite, reprit-il, cela n'a aucune importance.

Il lui donna alors quelques ordres précis tout en s'habillant à la hâte, puis alla frapper à la porte communicante. N'obtenant aucune réponse, il entra. Le salon était dans l'état où ils l'avaient laissé la veille. Le tapis avait absorbé l'eau des roses qui gisaient, fanées, sur la table. Un papier froissé en boule dans la corbeille attira cependant son attention. Il le ramassa, le déplia, lut les essais de lettre de Mia, puis l'empocha. Inutile de laisser ce message tomber entre des mains indiscrètes.

Ceci fait, il appela Mia.

La porte de la chambre s'ouvrit immédiatement. Elle avait dû l'entendre entrer car elle était en train d'enfiler un peignoir de bain sur sa nuisette.

— Es-tu venu m'insulter à nouveau ? demanda-t-elle, visiblement sur la défensive.

— Non. Fais ta valise et habille-toi.

— Je vois. Tu n'avais pas besoin de te déplacer, Dante, j'allais partir de toute manière.

— Je ne suis pas goujat au point de te réveiller au petit matin pour te mettre à la porte, s'exclama-t-il, vexé. Nous allons partir ensemble au manoir. Depuis Luctano, je serai en meilleure mesure de contrôler la situation. Des photos de nous deux ont été prises hier soir dans le jardin.

Il vit son visage pâlir, ses mains se mettre à trembler. Si Sarah l'avait vue, elle aurait compris que Mia n'était pas à l'origine de cette fuite.

— Quelle poisse, il ne manquait plus que ça ! Les as-tu vues ?

— Non, mais elles sont très explicites, à ce qu'il paraît.

— Comment pourraient-elles l'être ? Nous ne nous sommes pas embrassés.

— Peu importe. Prépare-toi ! Notre départ passera inaperçu car les photos ne sont pas encore publiées, mais ce n'est qu'une question d'heures.

— Je ne peux pas t'accompagner, je commence un nouveau travail demain.

— Ce n'est pas le moment de tergiverser, Mia. En dépit de ce que je t'ai dit hier, nous devons discuter et nous le ferons. Pour l'instant, dépêche-toi, je t'en prie !

Mia obtempéra. Dante la regarda ranger méthodiquement ses affaires dans une petite valise, puis disparaître dans la salle de bains d'où elle revint vêtue d'une jupe en jean et d'un T-shirt, sa trousse de toilette à la main.

— Allons-y !

— Tu n'as pas de bagage ?

— Sarah viendra les chercher.

Tandis qu'ils roulaient à travers les rues baignées d'un doux soleil matinal, Mia s'exclama soudain :

— J'ai oublié les boucles d'oreilles dans le coffre de l'hôtel.

— Je dirai à Sarah de les récupérer. Elle m'attend chez moi où je dois prendre certaines affaires.

Dante arrêta la voiture quelques rues plus loin, devant un immeuble ancien du Campo Marzio, le centre historique de Rome que Mia aimait tant. Un concierge en livrée leur ouvrit une lourde porte en bois sculpté, puis celle de l'ascenseur. Elle fut heureuse de découvrir enfin où il habitait.

Sarah la salua d'un bref mouvement de tête avant de tendre une valise à son patron. Tandis qu'ils discutaient en italien, Mia observa le vaste salon. Un haut plafond, de larges portes-fenêtres donnant sur un balcon, de nombreux tapis, et de grandes peintures contemporaines sur les murs voisinaient dans un parfait mélange d'ancien et de moderne.

Elle fut cependant surprise de voir un petit chien blanc assis sur le canapé en cuir. Dante ne lui avait jamais semblé du style à avoir un animal. D'un jappement, celui-ci attira l'attention de son maître qui, tout en parlant, s'approcha pour le caresser.

— Mia, quelle combinaison as-tu choisie pour le coffre ?

— Un, deux, trois, quatre.

Elle sentit aussitôt ses joues s'empourprer à la vue du regard qu'échangèrent Sarah et Dante.

— Bon, allons-y, décréta ce dernier sans faire de commentaire.

— On emmène ton chien ?

— Non. Alfonzo passe sa vie sur mon canapé. Il déteste bouger. As-tu besoin de quelque chose avant de partir ?

N'osant dire que quelques vêtements lui seraient nécessaires car de toute manière les boutiques n'étaient pas encore ouvertes, Mia répondit :

— Un café.

— J'en achèterai sur la route.

Il prit aussi des viennoiseries qu'ils mangèrent tout en roulant.

— J'ai l'impression d'être une fugitive, déclara Mia pour rompre le silence.

— C'est en quelque sorte vrai. Il ne faudra cependant pas longtemps aux journalistes pour deviner où nous sommes. Tu n'auras donc pas à leur faire face seule à l'aéroport, ici ou à Londres.

Dante prit alors un appel avant de se tourner vers elle.

— C'était Sarah. Tes boucles d'oreilles sont en sécurité chez moi.

— Merci.

— Tu parles d'une combinaison ! Un véritable casse-tête pour les cambrioleurs.

— Je n'avais pas les idées claires, hier soir. Je suis plus prudente d'ordinaire.

Cet homme lui faisait perdre tous ses moyens. Et avait fait basculer sa vie d'habitude si ordonnée dans le chaos. Pourtant, en dépit de la tension entre eux et des problèmes à venir, elle n'aurait voulu être nulle part ailleurs que seule en voiture avec lui, sa grossesse enfin avouée.

— Je ne t'imaginais pas avec un chien. Quel âge a-t-il ?

— Il est centenaire en années de chien. C'était le compagnon d'une vieille dame qui habitait l'appartement en dessous du mien. Sarah lui a proposé de le garder lorsqu'elle a été hospitalisée.

Une brusque jalousie serra le cœur de Mia à la pensée de Dante et son assistante en train de folâtrer dans son lit.

Il tourna la tête vers elle et dut remarquer sa mine soudain pincée car il sourit.

— À la mort de ma voisine, Sarah ne pouvait plus le garder car son mari s'était révélé allergique aux poils de chien. J'ai donc suggéré de le mettre à la SPA, mais elle s'y est opposée, arguant qu'Alfonzo étant vieux, arthritique et presque aveugle, il allait être euthanasié. C'était probablement préférable pour lui, ai-je dit…

— Dante !

— J'aurais mieux fait de ne pas l'écouter car il vit sur mon canapé depuis.

Et tu lui caresses les oreilles, pensa Mia qui, prise d'un soudain courage, demanda sans préambule :

— Tu m'en veux de ne pas t'avoir parlé du bébé hier avant que… ?

— Non. Mais je suis furieux que tu ne m'aies rien dit quand je t'ai appelée à Londres.

— J'y ai songé !

— Mais tu t'es tue. Par deux fois, en plus !

— La première fois, j'ignorais être enceinte. Je n'avais eu aucun signe annonciateur.

— Et la seconde ?

— Je commençais juste à m'habituer à l'idée d'avoir un enfant après avoir passé deux semaines très difficiles. Je ne voulais pas rompre ce fragile équilibre. Hier soir, j'ai failli parler quand tu t'es… protégé.

— Pour l'instant, nous devons en priorité discuter des décisions à prendre.

Sur ses paroles, il se tut.

Son « pour l'instant » venait cependant de laisser Mia entrevoir la possibilité d'une relation suivie…

Pour Dante, il s'agissait d'une simple constatation. L'attirance entre eux était indéniable et il avait déjà envisagé une liaison prolongée la veille, même en sachant qu'elle ne résisterait pas au long terme. Le choc de la révélation de Mia s'étant estompé, il avait à présent les idées plus claires.

— As-tu consulté un médecin à Londres ?

— Bien sûr, et je garde le bébé, que tu le veuilles ou non.

— Sur ce point au moins, nous sommes d'accord.

— Mais contrairement à ce que tu penses, je n'avais pas prévu de passer la nuit avec toi, encore moins de tomber enceinte.

Dante, qui avait pour habitude de dire ce qu'il pensait, ne mâcha pas ses mots.

— Au début, peut-être. C'était, à mon avis, ton plan C. Le premier était d'épouser mon père et de te faire faire une ribambelle de petits Romano afin d'assurer ton avenir. Manque de chance pour toi, Rafael était malade et ne pouvait pas…

Il s'interrompit brusquement, incapable de prononcer la suite.

— Et mon plan B ? demanda alors Mia.

— Contester le testament.

— Je ne l'ai pourtant pas fait.

— Tu n'en as plus besoin si tu portes mon enfant !

— Pourquoi es-tu si suspicieux ?

— Parce que tout le monde ment, à commencer par ma famille. J'ai parfois l'impression de vivre au sein d'un nid de conspirateurs. Ma mère entretient, je pense, une liaison depuis un certain nombre d'années et j'imagine…

— Peux-tu ralentir, s'il te plaît ? l'interrompit Mia.

Dante jeta un coup d'œil au compteur – la vitesse indiquée était dans la limite autorisée –, puis à sa passagère devenue subitement si pâle qu'il leva le pied avant de poursuivre.

— J'imagine que mon père a dû décider de la tromper à son tour. Et tu es arrivée, chère Mia, mais il était trop malade pour te donner l'enfant désiré, s'est éteint très vite et tu t'es rabattue sur moi.

— Parce que c'est moi qui t'ai séduit ? Tu plaisantes, j'espère.

— D'accord, j'ai fait le premier pas, mais tu as vu une occasion, l'as saisie et t'es bien gardée ensuite de prendre une contraception d'urgence.

— Croire cela est bien mal me connaître.

Mais Dante ne l'écoutait pas, en proie à une colère froide. La théorie qu'il venait d'avancer lui paraissait de plus en plus juste au fur et à mesure qu'ils approchaient de Luctano. De rage, il fit ronfler le moteur.

Mia se raidit dans son siège, écrasant du pied un frein imaginaire.

— Ralentis, bon sang !

— Je respecte la limitation de vitesse !

Il obtempéra cependant et elle se détendit. Dante ne pouvait pas savoir pourquoi elle avait si peur en voiture. En revanche, il avait en partie deviné les secrets de ses parents. Dieu merci, il s'était contenté de partager ses doutes sans lui poser de question. Mais cela viendrait, et les éluder deviendrait de plus en plus difficile.

Au loin, les cyprès précédant l'entrée du manoir apparurent. Mia avait cru ne jamais revenir en ces lieux…

Une brusque panique la saisit à l'idée de revoir Sylvia, et tout le personnel. Qu'allaient-ils penser de la situation ? Et Michael ? Si jusqu'à présent elle avait vécu au jour le jour, l'annonce de sa grossesse allait faire éclater la bulle dans laquelle elle s'était enfermée. S'efforçant de ne pas trahir son angoisse, elle rompit le silence.

— Peux-tu empêcher la parution de ces photos ?

— C'est trop tard. Elles sont déjà en ligne.

— Comment le sais-tu ?

— Mon téléphone n'arrête pas de vibrer dans ma poche. Mais, puisque tu as envie de discuter, dis-moi comment tu as réussi à survivre à deux ans de célibat forcé. L'idée des millions bientôt à ta portée était-elle une jouissance suffisante ?

— Épargne-moi cette vulgarité ! s'exclama-t-elle, outrée. J'ignorais tout de ce genre de… sensations jusqu'à ma rencontre avec toi. Tu sais d'ailleurs parfaitement que j'étais vierge.

Et, furieuse de s'être laissé entraîner sur ce sujet trop gênant, elle tira son mobile de sa poche.

— Ne regarde pas ces photos !

— Je veux savoir ce qui se dit.

La série de clichés lui coupa le souffle. Leur intimité était aussi flagrante que s'ils avaient été surpris dans une chambre. Sur l'un d'eux en particulier, elle regardait Dante avec des yeux brûlants de désir. Les légendes les accompagnant étaient très crues, mais une l'horrifia.

Un petit cri lui échappa tandis que ses mains se mettaient à trembler.

Dans la seconde suivante, Dante arrêta la voiture et lui arracha son téléphone.

Mamma Mia, quelle belle-mère !

En dessous se trouvait une photo d'eux où Dante la pressait contre lui et où son visage incliné semblait l'embrasser.

Mia guettait sa réaction, s'attendant à le voir s'emporter, mais il agrandit du bout des doigts le cliché pour mieux l'observer.

— Un dénommé Michael t'appelle, dit-il soudain en lui tendant son téléphone.

— C'est mon frère, il doit avoir vu tout ça.

Elle prit la communication, écouta puis répondit d'un ton léger afin de le rassurer.

— Cesse de t'inquiéter, Michael. Tout cela n'est qu'un terrible malentendu. Je vais très bien. En fait, je suis en route pour le manoir avec Dante. Je vais éteindre mon mobile, mais tu pourras me joindre sur la ligne fixe.

Lorsqu'elle raccrocha, Dante la regarda un long moment, l'air songeur. Mia se demandait à quoi attribuer son silence lorsqu'il remit le contact.

— Allons-y.

Alors qu'ils traversaient la propriété, Mia aperçut le petit cimetière familial où reposait Rafael. Passer la nuit si près de lui était impossible.

— Je veux aller à l'hôtel.

— Mia, nous venons ici dans le but de préserver notre vie privée. C'est le seul endroit où personne ne viendra nous déranger sous peine de violation de propriété, alors sois raisonnable et oublie l'hôtel. Tous les paparazzis y seront très bientôt, or ce sont eux que nous voulons éviter.

Mais ce n'était pas la presse qui effrayait Mia, qui tenta une autre tactique.

— Peut-être, mais revenir dans cette maison me terrifie.

Dante lui lança un regard surpris avant de répondre :

— Si tu paniques dans la nuit, tu sais où me trouver…

Et il se tut brusquement, reportant les yeux sur la route.

Quelques minutes plus tard, il se garait devant le manoir. Sylvia les accueillit avec sa gentillesse habituelle. Si elle était au courant de la parution des photos, elle n'en montra rien.

— C'est si bon de vous revoir, *signora* Romano ! Comment allez-vous ?

— Très bien, merci.

— Dois-je monter votre valise dans la suite aux citrons ou…

Comme la gouvernante laissait sa phrase en suspens, ses yeux passant de Dante à elle, Mia eut la certitude qu'elle savait et s'empressa de répondre :

— Dans ma suite, s'il vous plaît.

— Prends le temps de te reposer et te changer avant de descendre déjeuner, intervint Dante.

Mia fit volte-face.

— Me changer ? J'ai le choix entre cette tenue et ma robe de bal. Je ne suis pas venue préparée à me cacher à Luctano !

— Vous avez encore des affaires ici, dit Sylvia tandis qu'elles montaient l'escalier. Je les ai remises dans votre suite après que Dante m'a prévenue de votre arrivée. Nous sommes heureux de vous revoir, vous savez.

Touchée, Mia la remercia. C'était bon d'être de retour en ce lieu si beau et si calme. Surtout avec Dante…

— Comment allez-vous, Sylvia ?

— Bien, mais c'est bien vide ici… On dirait une maison fantôme.

Mia déglutit avec peine. Elle détestait cette expression.

La gouvernante partie, emportant son linge de la veille pour le laver, Mia inspecta sa suite. Outre sa robe noire et les dessous portés lors de l'enterrement et abandonnés après la soirée avec Dante, elle trouva quelques vêtements d'été et ses tenues d'équitation dont elle n'avait pas l'utilité à Londres. L'envie la saisit d'aller voir Massimo à l'écurie, mais, sa nuit ayant été bien courte, elle jugea préférable de se reposer avant l'heure du déjeuner.

Elle venait de fermer les rideaux et de s'allonger lorsqu'un hélicoptère se posa sur l'héliport. Intriguée puisque personne n'était censé pénétrer sur la propriété, elle se précipita à la fenêtre et reconnut alors l'appareil de Gian De Luca au sigle peint sur la queue.

Ariana en descendit en toute hâte et s'avança d'un pas résolu vers… Dante accouru au-devant d'elle !

Cette rencontre n'augurait rien de bon.

Le cœur de Mia fit un bond dans sa poitrine. À l'abri derrière le rideau, elle les observa…

Dante arpentait sa chambre, en proie à une multitude de pensées après sa dernière conversation avec Mia, dans la voiture. Elle avait donc réellement un frère, était proche de lui et le protégeait. S'il ne l'avait pas vue décomposée et tremblante quelques secondes avant qu'elle lui parle, il l'aurait crue sereine en entendant sa voix posée, si rassurante. Avait-elle opéré la même transformation pour lui répondre lorsqu'il l'avait appelée au sujet d'une éventuelle grossesse ? Qui était la véritable Mia ? L'épouse vierge de son père, pour sûr. Et enceinte… de lui !

Dire qu'il avait flirté avec elle en lui proposant de le rejoindre si elle avait peur au cours de la nuit !

Un bruit l'attira à la fenêtre. L'hélicoptère de Gian De Luca !

Il se précipita dehors.

— Celle-ci est de ma part, lança Ariana en le giflant, et celle-là…

Dante lui attrapa le poignet au vol. L'autre gifle était de la part de sa mère, il s'en doutait.

— Calme-toi.

— Comment as-tu pu, Dante, après tout ce que cette fille a fait endurer à notre famille et en particulier à maman ?

Il prit le bras de sa sœur pour l'entraîner à sa suite.

— Viens à l'intérieur au lieu de te donner en spectacle !

— Cette traînée est venue ici avec toi ?

— Dieu ait pitié de lui, marmonna-t-il.

— De qui parles-tu ?

— Du pauvre homme qui va hériter de toi !

Ariana se libéra, lui lança un regard méprisant puis repartit vers l'appareil.

Dante la regarda s'éloigner, en colère après elle mais peiné de la voir si malheureuse et conscient qu'elle le serait davantage en apprenant la grossesse de Mia.

Ciel, il allait être père !

Ses yeux se portèrent machinalement vers le petit cimetière au loin et il éprouva soudain le besoin d'aller se confier à son père.

Mais que lui dire ? se demanda-t-il une fois devant la tombe.

Désolé d'avoir créé un scandale supplémentaire…

Non, il n'était pas désolé, songeait même à répéter sa *faute* avec Mia au plus tôt. D'ailleurs, son père s'amusait de ses frasques, lui conseillant de mener sa vie comme il l'entendait, sans se soucier de l'opinion des autres, tant qu'il ne blessait personne.

Sa relation avec Mia allait pourtant en blesser plus d'un…

Indécis, il se tint devant la tombe, espérant trouver l'inspiration, ou recevoir un pardon, mais seules des questions lui vinrent à l'esprit, toujours plus nombreuses.

— Je pensais que tu avais brisé ton mariage par amour pour Mia, murmura-t-il. Je te croyais entre les griffes du démon de midi, aveuglé par le désir, mais il semble que je me sois trompé, aussi excuse-moi de t'avoir si mal jugé. Était-ce maman qui avait une liaison ? As-tu cherché à te venger d'elle avec Mia ?

Seul un profond silence répondit à sa question.

Dante se recueillit un long moment avant de repartir lentement vers le manoir, plus désemparé qu'il ne l'avait jamais été.

10.

Dante regarda sa montre : 13 h 10 et Mia n'était toujours pas descendue déjeuner. Sylvia remarqua son geste.

— Dois-je monter un plateau à la *signora* Romano ?

— Pourquoi ne pas aller le lui demander ? rétorqua-t-il avant d'ajouter, espiègle : Elle n'est pas ma *signora*.

La gouvernante sourit et lui posa une main sur l'épaule.

— Et si j'allais chercher un peu de glace pour votre joue ? Vous avez encore cherché les ennuis…

Dante haussait un sourcil fataliste lorsqu'une pensée lui traversa l'esprit.

Sylvia était devenue bien plus qu'une gouvernante après la naissance des jumeaux. C'était elle qui s'occupait d'eux pendant les longs étés au manoir, quand sa mère trouvait mille raisons de s'échapper à Rome.

Son père n'avait tout de même pas…

Non !

Dante écarta aussitôt cette pensée. Il y avait une autre explication au divorce soudain de ses parents, et Mia en savait plus long qu'elle ne voulait le laisser paraître – il en avait à présent la certitude. Il arriverait à la faire parler, mais pour cela ils devaient être seuls.

— Inutile, ma joue va très bien. Prenez votre après-midi dès que nous aurons fini de déjeuner, et dites au reste du personnel d'en faire autant.

— Mais qui va vous cuisiner à dîner ?

— Nous nous débrouillerons.

Mia arriva sur ses entrefaites.

— Alors, que t'a dit Ariana ?

— Rien qui vaille la peine d'être répété.

— Elle n'aurait pas dû te gifler.

— Vrai, mais je comprends sa réaction. La seconde gifle aurait été de la part de ma mère. C'est d'ailleurs probablement elle qui a envoyé Ariana, ou au moins l'a encouragée. Peu importe, leur attitude m'indiffère.

— Y a-t-il eu d'autres publications ?

— Oui, toutes de la même veine, ils n'ont aucun élément nouveau. Par contre, l'histoire est arrivée aux oreilles du conseil d'administration. Je suis convoqué à un conseil extraordinaire demain matin à 9 heures. Ils semblent attendre mes explications…

— Que leur diras-tu ?

— Je ne sais pas, admit Dante, nerveux comme il ne l'avait jamais été à l'idée de cette confrontation. Le problème ne se limite cependant pas à ces photos. Ta grossesse ne restera pas longtemps un secret.

— J'en suis malade à l'avance. Passe encore d'avoir été vilipendée au moment de mon mariage avec ton père, les gens me prenaient simplement pour une croqueuse de diamants. Là, en revanche, il s'agit de ma vie… intime.

Dante réprima un sourire devant son choix de mots. « Vie intime » dans sa bouche remplaçait l'imprononçable « vie sexuelle ».

— Le mieux pour toi est donc de rester ici quelques semaines, afin d'être protégée lorsque la nouvelle éclatera au grand jour.

— Non, je ne peux pas. Ma famille est en Angleterre et je dois travailler.

— Allons, Mia…

— Je vois, s'emporta-t-elle, maintenant que je t'ai

piégé, je n'ai plus besoin de travailler ! C'est ce que tu penses, n'est-ce pas ? Eh bien, non. Je ne veux pas de tes millions, ni perdre ma liberté, et encore moins voir mon bébé démarrer ainsi dans la vie. Dès demain…

Elle se tut à l'arrivée de Sylvia, le temps que cette dernière leur serve le plat principal.

— Je suis désolée de t'avoir mis dans cette situation, Dante, reprit-elle dès le départ de la gouvernante. J'étais troublée en quittant le manoir après l'enterrement, mais j'ai pris la pilule du lendemain.

Dante se rendit brusquement compte qu'il la croyait.

— Je sais. C'était à moi de prendre mes précautions.

Il la regarda un instant en silence avant d'ajouter avec un sourire :

— Ce bébé doit vraiment avoir envie de venir au monde.

— Oui, je le pense aussi. Mais en attendant, je ne peux pas rester terrée ici. Je commence à travailler demain et ne peux pas leur faire faux bond au dernier moment sous peine de perdre mon poste.

— Tu as été embauchée chez Castello ?

Elle hocha la tête.

Dante secoua la sienne en réponse.

— Cet homme est un coureur de jupons, je te l'ai déjà dit. Par conséquent, soit il t'a proposé ce poste car il a des vues sur toi, soit il veut m'ennuyer.

— Donc, d'après toi, ce n'est pas pour mes propres mérites ?

— Je doute que ce soit pour ta maîtrise de l'italien qu'il veuille s'allouer tes services. Et ce ne peut pas être le résultat de ma recommandation, car elle était loin d'être flatteuse.

— Comment as-tu pu faire ça ? s'exclama-t-elle, visiblement choquée.

— Je n'ai dit que la vérité. Par exemple, que tu étais plutôt désordonnée.

— Tu es sérieux ?

— On ne peut plus sérieux. Tu as laissé tes sous-vêtements traîner dans le petit salon lors de ton dernier soir ici. L'aurais-tu oublié ?

Les joues de Mia se colorèrent aussitôt, ce qui enchanta Dante.

— Qu'as-tu dit d'autre à Castello ?

— Qu'en toute honnêteté, je ne pouvais pas te recommander à un vieil ami de notre famille. Tu ne travailleras pas pour lui, Mia.

— C'est à moi d'en décider.

La fermeté de sa voix stupéfia une nouvelle fois Dante. Elle avait changé depuis la disparition de Rafael et plus il la découvrait, plus il avait envie d'elle. Même s'il croyait à son accident de contraception, il était persuadé que, à l'instar de ses parents, Mia lui mentait sur d'autres points, et il était résolu à obtenir la vérité.

— Mia, pour quelle raison as-tu épousé mon père ?

Sa façon de prendre le temps de manger une autre bouchée, les yeux baissés, avant de répondre, confirma les soupçons de Dante.

— Notre premier problème est de trouver comment annoncer la nouvelle à la presse. Discuter de Rafael peut attendre.

— Au contraire, j'ai besoin de connaître les tenants et aboutissants de votre relation pour décider de la meilleure manière d'aborder ce sujet. Une liaison torride m'aurait déplu, mais j'aurais pu comprendre, or il n'y avait pas de relations physiques entre vous. Étais-tu censée venger l'honneur de mon père parce que ma mère avait pour amant mon ancien professeur d'anglais ?

Comme elle ne répondait pas, il insista.

— Commence par le tout début, si tu préfères. Comment vous êtes-vous rencontrés ?

— Dans votre bureau de Londres.

— Mais encore ? Ton niveau passable en italien aurait dû t'empêcher de devenir l'assistante personnelle de mon père, or en plus il t'a épousée. Qu'est-ce qui a motivé ce simulacre de mariage ?

Excédé de voir Mia s'entêter dans son silence, Dante se leva brusquement.

— Comment diable veux-tu que nous résolvions le problème si tu ne me fais pas assez confiance pour être franche avec moi ?

— Ce n'est pas cela.

— De quoi s'agit-il, alors ?

Voyant Mia se masser les tempes, il comprit qu'il perdait son temps.

— Je pars, lança-t-il en quittant la salle à manger.

— Où vas-tu ?

Dante ne prit pas la peine de répondre. Il avait désespérément besoin d'être conseillé, ce que Roberto avait fait plusieurs fois dans le passé.

Quelques minutes plus tard, il s'arrêtait devant le domicile de l'avocat. La maison semblait vide alors que par beau temps, Roberto avait plaisir à s'asseoir dans sa véranda, au milieu de ses chères orchidées. Se souvenant qu'il avait été trop souffrant pour assister au bal la veille, Dante s'approcha d'une fenêtre, mais les rideaux tirés dissimulaient l'intérieur. Il hésita à le déranger, puis s'inquiéta ; il allait peut-être vraiment mal.

Dieu merci, la porte s'ouvrit.

— Dante ! Quelle bonne surprise…

— J'ai cru un instant que tu étais sorti. Comment vas-tu ?

— Mieux, aujourd'hui. Je suis désolé de n'avoir pu me joindre à vous hier. Le gala s'est bien passé ?

Sa question étonna Dante car l'avocat était en général le premier informé de tout ce qui touchait aux Romano.

— Apparemment, tu n'as reçu aucun écho. J'ai besoin de tes conseils, Roberto.

— Entre.

Dante s'efforça de cacher sa stupéfaction face au désordre qui régnait dans le salon. La pièce n'avait pas été aérée depuis des jours, des verres sales et des journaux jonchaient la table basse et – comble de la négligence pour cet homme d'ordinaire si soigné – il ne s'était pas rasé. Dante fut choqué de le trouver dans cet état.

— Excuse le bazar, dit Roberto en lui indiquant un fauteuil.

— Ce n'est pas grave. Que dit le médecin ?

— La rengaine habituelle. Il aimerait me voir arrêter de fumer, faire de la marche, restreindre ma consommation de whisky et adopter un passe-temps.

— Tu comptes suivre ses conseils ?

— J'y pense. D'après lui, il est normal pour un homme de déprimer en prenant sa retraite. Mais cessons de parler de moi. Dis-moi plutôt quel bon vent t'amène aujourd'hui…

— C'est au sujet de Mia.

Roberto fronça les sourcils.

— Elle ne conteste pas le testament, si ?

— Pas du tout. J'ai appris hier qu'elle était enceinte.

— Non ! C'est impossible.

— C'est elle qui me l'a dit.

— Pourquoi jouer à ce petit jeu ? Pourquoi ne pas laisser en paix la mémoire de ton père ? Qu'importe, un test ADN suffira à…

— Attends, je me suis mal expliqué, l'interrompit Dante, stupéfait de voir Roberto d'ordinaire si calme s'énerver de la sorte. Il ne s'agit pas de l'enfant de papa. En fait… j'ai couché avec Mia.

— Toi ? Et tu n'as pas pris tes précautions ?

— Non.

Roberto poussa un long soupir pour tout commentaire.

— Mon conseil reste le même : tant que tu n'as pas la preuve que cet enfant est de toi, garde le silence. Elle n'est probablement pas enceinte ou l'est d'un autre, et elle acceptera un règlement financier pour te laisser tranquille. Un coup classique, hélas.

— Non, elle est vraiment enceinte et je suis le père.

— On va arranger ça. Laisse-moi la contacter et négocier avec elle.

Mais Dante voulait régler ce problème lui-même, et ce n'était pas là le but de sa visite.

— Roberto, j'ai une question à te poser : ma mère avait-elle une liaison ?

— Quel est le rapport avec Mia ?

— Réponds-moi. Je ne comprends pas pourquoi mes parents ont divorcé si vite et si amicalement après trente-trois ans de mariage.

— Parce qu'ils ne s'entendaient plus et étaient d'accord sur tous les points.

— Je crois plutôt qu'elle trompait papa depuis longtemps. Tu étais l'avocat de mon père alors, dis-moi, ce mariage de convenance était-il un moyen pour lui de sauver la face parce qu'elle allait le quitter ?

— Oublie tout cela, Dante. Je t'en prie, laisse Rafael reposer en paix !

— Pas question ! déclara-t-il en se levant, frustré de cette nouvelle fin de non-recevoir. Je veux des réponses et si tu me les refuses, j'irai les chercher ailleurs !

— Ne t'engage pas dans cette voie…

Mais Dante était déjà parti. Si ni Mia ni Roberto n'acceptaient de lui parler, il lui restait une autre personne à contacter.

Sa mère devait être revenue de sa croisière en début de matinée.

Afin de ne pas perdre de temps sur la route, il appela Sarah et lui demanda de lui envoyer l'hélicoptère immédiatement pour rentrer à Rome.

— Cela ne peut-il pas attendre demain ? On vient d'annoncer un avis de tempête sur la Toscane.

Dante, qui venait d'apercevoir un cavalier galopant dans le champ de coquelicots, raccrocha sans répondre. C'était Mia, montant Massimo ! Son sang ne fit qu'un tour. Elle semblait très assurée, ils offraient même ensemble un ravissant spectacle : le cheval dont la robe noire luisante se détachait sur le rouge vif des fleurs et elle, avec ses cheveux blonds flottant au vent sous un ciel qui noircissait de minute en minute. Mais elle était enceinte !

Le cœur battant à tout rompre, Dante se gara au bord de la route, la bouche soudain sèche. Une chute pouvait être fatale dans son état. Elle pouvait même se faire piétiner par sa monture !

Comment avait-elle pu prendre un tel risque ?

Il faillit klaxonner, mais craignit d'effrayer Massimo qui aurait alors pu faire une embardée. De toute manière, ils seraient bientôt à l'écurie.

Mieux valait les y attendre.

Après le brusque départ de Dante, Mia, qui avait perdu tout appétit, décida de monter Massimo pour se changer les idées. Le déjeuner lui avait semblé être un parcours semé d'embûches : les questions de plus en plus précises de Dante. Elle aurait tant aimé pouvoir répondre sans trahir son secret, ou même le mettre sur la voie comme au jeu de cache-tampon : « Tu brûles… Attention, là tu refroidis… » Mais il ne s'agissait pas d'un jeu, et un serment continuait de la lier à Rafael. Combien de temps serait-elle capable de résister ?

Or Mia avait une certitude, à présent : elle aimait Dante et souffrait de ne pas pouvoir être franche avec lui.

Les retrouvailles avec Massimo furent touchantes. Dès qu'il la vit, le cheval lui manifesta sa joie avec force hennissements et discrets coups de tête. Quel dommage que les relations ne soient pas aussi simples avec les êtres humains…

Après avoir galopé à travers la propriété, Mia se sentit plus légère et regagna l'écurie. Rien de tel qu'une chevauchée en plein air pour se vider l'esprit !

Elle flattait l'encolure du cheval lorsqu'un coup de tonnerre la fit sursauter. Au même moment, la voix de Dante s'éleva, aussi menaçante que les foudres du ciel :

— Qu'es-tu en train de faire, Mia ? demanda-t-il en saisissant les rênes.

— Ça me paraît évident.

— Je ne suis pas d'humeur à plaisanter. Descends tout de suite !

Elle jeta un coup d'œil autour d'elle, étonnée de ne pas voir le palefrenier qui d'ordinaire se précipitait en les entendant revenir.

— Où est Giovanni ?

— J'ai donné le reste de la journée au personnel afin de nous laisser du temps ensemble. Que t'a-t-il pris de sortir Massimo ?

— Allons, Dante, ne t'énerve pas. Ma mère montait encore à cheval deux semaines avant ma naissance.

— Tu en parleras avec mon médecin. En attendant, descends !

Le sentant à cran, Mia obéit. À peine avait-elle passé une jambe par-dessus le dos de Massimo que Dante la saisit par les hanches pour accompagner sa descente.

Au contact de ses mains, elle sentit un délicieux frisson parcourir son corps. Une fois à terre, elle croisa son regard, y lut un trouble semblable au sien, mais aussitôt il lança d'un ton dur :

— Maintenant que tu es enceinte, fini le cheval !

— Tu ne peux pas m'empêcher de monter.

— Ah bon ? Dans ce cas, je vais vendre les chevaux.

— D'accord. Tant que je suis ici, je m'en dispenserai. En échange, plus un mot concernant ma grossesse ou je disparais ! Il m'a fallu déjà assez de courage pour t'en parler sans en plus être accusée de l'avoir provoquée.

Dante venait d'éprouver une telle peur qu'il pouvait lui concéder cette victoire, se dit-il. Mia ne craignait plus rien, à présent. Et sa moue sévère était si charmante qu'il dut résister au subit besoin de la prendre dans ses bras pour lui montrer qui d'entre eux était le maître. De toute manière, il ne doutait plus de sa bonne foi concernant sa grossesse. Le plus urgent était d'obtenir la vérité, et il y parviendrait.

Ceci fait, il s'accorderait la récompense que son corps réclamait si fort.

— Je viens de chez Roberto, lança-t-il.

— Il veut un test ADN, c'est ça ?

— Pas du tout. En apprenant que tu étais enceinte de trois mois, il a été formel : cet enfant ne pouvait être celui de mon père.

— Nous le savons. Où veux-tu en venir ?

Dante la fixa, cherchant à la déstabiliser, ce qui fonctionna car, visiblement mal à l'aise, elle déglutit avec peine.

— Il a dû comprendre que ce mariage était…

— Était quoi, Mia ?

— Une question d'intérêt.

— Ton désir d'argent était certain, je n'en doute pas au vu des sommes qui ont disparu du compte de mon père dès ton arrivée dans sa vie. J'admets qu'il ait été trop malade pour pouvoir… t'honorer. Mais pourquoi son avocat est-il au courant de sa vie intime ? Cela reste un mystère pour moi.

Il se pencha alors vers elle, si près qu'il lut le trouble dans ses yeux.

— Un acte de prudence de la part de Rafael ? Roberto était peut-être chargé de prendre certaines mesures au cas où je tomberais enceinte pendant notre mariage afin de préserver vos intérêts.

— Tu me mens encore ! Ne me dis pas le contraire, je le sens. La preuve, ton pouls s'est emballé, tu trembles et pas du tout pour la même raison qu'il y a un instant dans mes bras.

— Absolument pas !

Elle s'obstinait à se taire, mais fuyait son regard, donc ce n'était pas simplement pour lui tenir tête. Avait-elle peur ? Que lui cachait-elle de si important ?

— Pour la dernière fois, Mia, peux-tu, s'il te plaît, me donner la véritable raison de ton mariage avec mon père ? Et ne me parle pas d'argent, il était accessoire, je le sais.

— Désolée, répondit-elle d'une voix soudain enrouée. C'est impossible.

— Très bien. Puisque tu refuses de parler, je le découvrirai seul.

Et, la lâchant, Dante tourna les talons et s'éloigna à grands pas.

— Où vas-tu ?

— À chacun ses secrets !

— Je t'en prie, Dante, s'exclama-t-elle, visiblement affolée, en courant derrière lui. Ne me laisse pas ici…

— Ne sois pas ridicule !

— Tu ne comprends pas. Je ne peux pas rester seule au manoir cette nuit.

Dante l'ignora, remonta en voiture et démarra.

Quelques minutes plus tard, Mia vit l'hélicoptère s'élever dans les airs. Une vague de panique la submergea.

Le personnel étant probablement déjà parti jusqu'au lendemain, elle était bel et bien seule et n'avait aucune idée de quand Dante reviendrait.

S'il revenait…

Mia revint lentement sur ses pas, rentra Massimo dans sa stalle, le bouchonna, puis quitta l'écurie. Dehors, le ciel avait viré au noir d'encre, le vent soufflait en rafales et, en passant devant la maison de Sylvia, elle remarqua l'absence de sa voiture. Mario et elle avaient dû profiter de ce congé inattendu pour aller passer la soirée en compagnie de leurs enfants.

Elle était totalement seule.

Une fois dans le manoir, elle alluma chaque lampe sur le chemin de sa suite avant de s'enfermer à l'intérieur. Puis elle ôta ses vêtements d'équitation et passa un long moment sous la douche, dans l'espoir de se réchauffer car elle était frigorifiée, et de chasser ses idées noires. Ce n'était pas d'hypothétiques cambrioleurs ou paparazzis qui l'effrayaient, mais le sentiment bien plus dangereux qu'à tout instant le fantôme de Rafael risquait de se manifester !

Tu dois être courageuse, se répétait-elle comme une litanie, *car bientôt tu seras responsable d'un enfant…*

Comme elle sortait de la salle de bains enveloppée dans son peignoir, les cris d'oiseaux affolés venus chercher refuge sous le toit du manoir l'accueillirent.

Et soudain, la fenêtre s'ouvrit en grand.

C'était le vent bien sûr, mais au lieu de la refermer, Mia céda à la panique et s'effondra au pied de son lit.

Elle n'avait jamais été aussi terrifiée de sa vie.

11.

Lorsque l'hélicoptère de Dante se posa à Rome, le soleil brillait sur la capitale.

Il s'était bien gardé d'avertir sa mère de son arrivée, préférant jouer sur l'effet de surprise. La surprise fut cependant pour lui car une foule de journalistes accompagnés de leurs photographes l'accueillit à sa descente de voiture, devant l'immeuble d'Angela.

Les questions fusèrent. Tous voulaient savoir où était Mia et d'où venait le bleu sur sa joue. Dante passa devant eux sans répondre, le regard noir.

— Dante ! s'exclama sa mère en le voyant. Comment as-tu pu me faire cela ? Ces photos sont à la limite de l'obscène ! En plus, la presse me harcèle depuis mon retour de croisière, ce matin.

Au lieu de répondre, il s'adressa à l'homme en retrait à l'entrée du salon. Son ancien professeur d'anglais, plus vieux et beaucoup moins impressionnant que des décennies plus tôt. Le fameux amant…

— *Signore* Thomas, pourriez-vous nous laisser quelques minutes, s'il vous plaît ?

— Non, intervint Angela, il reste ! Nous sommes tous deux curieux d'entendre ce que tu as à dire pour ta défense. Qu'as-tu fait pour te trouver dans une situation aussi compromettante avec la femme qui a anéanti mon mariage ?

Dante la fusilla du regard.

— Ne t'avise jamais de parler de Mia ainsi.

Se penchant vers sa mère, et d'une voix toujours aussi menaçante, il la mit en garde :

— La présence de ton amant ne m'empêchera pas de modérer mes propos.

— David et moi n'avons aucun secret.

— Donc il croit aveuglément tout ce que tu lui dis ?

Angela dut comprendre que son fils ne plaisantait pas et s'apprêtait à aborder un sujet brûlant car elle échangea à voix basse avec son amant qui sortit aussitôt.

— Alors, parle, maintenant ! Que faisais-tu avec Mia ?

— Exactement ce que tu as vu sur les photos, cependant ma vie privée ne te regarde pas. Je suis venu te poser une question à propos du *signore* Thomas. Vous ne vous êtes pas rencontrés par hasard il y a quelques mois, n'est-ce pas ?

— Et quand bien même ?

— Très bien, si tu ne veux pas parler, c'est moi qui le ferai. Je me souviens l'avoir déjà rencontré ici, quand il venait pour censément m'apporter du travail scolaire. Votre liaison remonte à cette époque. Je me trompe ?

— Je n'ai pas à répondre !

— J'en tire donc mes propres conclusions. Tu as l'audace de me juger, d'avoir jugé Mia et poussé Ariana à la détester alors que, depuis le début, c'est toi qui entretenais une relation extraconjugale.

— Ton père et moi avions déjà mis fin à cet aspect de notre mariage.

— Alors pourquoi impliquer Mia, la soumettre à l'opprobre général ?

Comme Angela baissait les yeux, il demanda brusquement :

— Aimais-tu papa ?

— Enfin, Dante, quelle question !

— Te manquait-il vraiment ou ton bruyant chagrin était aussi une simple comédie ?

Dante regarda sa mère, bronzée au retour de deux semaines de croisière, parfaitement maquillée et habillée, puis pensa à Mia qui avait admis avoir épousé Rafael pour l'argent, mais s'était donnée à lui, son fils.

Soudain une image s'imposa à lui.

Mia tremblante, au bord de l'évanouissement, tandis qu'elle jetait une orchidée blanche dans le tombeau de Rafael.

D'autres se succédèrent.

Les pots d'orchidées dans la véranda de l'avocat de la famille.

Puis Roberto, qui n'avait jamais manqué un gala de la Fondation Romano, trop malade pour y assister.

Déprimé, selon le médecin…

Il le revit, négligé, entouré de verres vides dans une maison en désordre et aux rideaux tirés, se souvint de ses yeux brillants de larmes retenues.

Roberto était-il accablé de chagrin comme l'aurait été un amant ?

Une à une, les pièces du puzzle se mettaient en place.

Alors que Dante avait cru être à jamais à l'abri des surprises, Rafael semblait lui en avoir réservé une ultime…

— Papa était gay, n'est-ce pas ?

Angela fondit en larmes, confirmant son doute et son éternelle impression de se voir cacher d'importants secrets.

— Pourquoi n'a-t-il pas pu se confier à moi ? Je nous croyais proches…

— Vous l'étiez, mais je l'avais supplié de maintenir l'apparence d'un mariage heureux. Je ne voulais pas que les gens sachent…

— Est-il au moins mon père ? demanda Dante, même si la question était inutile au vu de leur ressemblance.

— Bien sûr. Je ne tiens cependant pas à discuter du côté intime de notre mariage.

— Tu le devras pourtant, car Stefano et Ariana vont aussi te demander des explications.

— Ils ne doivent pas l'apprendre.

— Si. Comment as-tu découvert l'homosexualité de papa ?

— Il me l'a dit.

— Raconte-moi tout, maman, depuis le début.

Angela lui indiqua d'une main la carafe de cognac. Dante lui en servit un verre, attendit qu'elle en ait bu une gorgée, puis insista.

— S'il te plaît.

— Les frères Romano étaient les garçons les plus recherchés de tout Rome. Beaux, charmants, bien introduits dans la société… Des partis rêvés. Le père de Rafael avait dû deviner son inclination car il s'est mis en tête de lui trouver une femme et a jeté son dévolu sur moi. J'étais folle de joie. Au début, tout était parfait. Enfin, je n'avais aucun point de comparaison…

Dante lui prit la main pour l'inciter à poursuivre.

— Puis mes amies ont commencé à se confier à propos de leurs relations conjugales. J'ai alors compris que les nôtres n'étaient ni aussi fréquentes ni aussi passionnées. Mais j'étais enceinte de toi et encore sur un petit nuage. Après ta naissance, la situation s'est gâtée. Je voulais d'autres enfants, mais Rafael se refusait à moi. Nous nous disputions souvent. Un soir où j'étais à bout, je l'ai accusé, acculé.

— Que lui as-tu dit ?

— Je préfère ne pas le répéter ; je m'en veux encore trop. C'est à ce moment-là qu'il m'a parlé. Nous pleurions tous les deux. Une horrible soirée, crois-moi.

— Pourquoi es-tu restée avec lui ?

— Il m'aimait… sur tous les autres plans. Nous avions déjà un enfant. Un divorce aurait causé un scandale. Il fallait continuer d'offrir l'image d'une famille heureuse. Nous avons donc décidé d'utiliser la fécondation in vitro, et acheté un appartement à Rome où j'ai habité pendant la durée du traitement. Les jumeaux sont arrivés. Les affaires sont devenues florissantes. Tu es entré en pension et je séjournais régulièrement en ville pour te voir. C'est alors que j'ai rencontré David.

— Il est au courant ?

— Oui. Nous n'avons aucun secret, je te l'ai dit. J'avais une vie ici, je m'occupais d'organisations caritatives et de réceptions. Ton père aussi était plus heureux, mais jamais autant qu'après avoir rencontré Roberto.

— Depuis combien de temps sont-ils ensemble ?

— Quinze ans. Ils l'auraient été beaucoup plus longtemps si Rafael n'était pas tombé malade, et si des rumeurs n'avaient pas commencé à circuler.

— Quand ? demanda Dante qui, bien que compatissant au drame vécu par ses parents, n'en demeurait pas moins curieux.

— C'était il y a presque trois ans. La presse a toujours gardé un œil sur les Romano, tu le sais. Ton père et Roberto avaient été vus dans un hôtel à Florence, ainsi que lors de plusieurs dîners au Fiordelise. Je refusais de voir la vérité éclater au grand jour, mais au même moment David souhaitait officialiser notre relation. Rester dans l'ombre devenait de plus en frustrant et dangereux.

Dante fronça les sourcils, mais se garda d'interrompre sa mère.

— Ariana, Stefano et toi étiez adultes, je voulais vivre ma vie ouvertement donc j'ai demandé à Rafael de m'accorder le divorce et de prendre la faute sur lui de manière… traditionnelle.

— Une liaison avec son assistante ?

— Oui. Ton père a toujours été très secret. J'ignorais à l'époque qu'on venait de lui diagnostiquer une maladie incurable. Si j'avais attendu, nous aurions évité l'humiliation d'une séparation…

— Et tu aurais été sa veuve.

Dante se rappela soudain l'opiniâtreté d'Angela au moment du divorce. Lorsqu'elle avait tenu à conserver leur patronyme, il avait cru qu'elle souhaitait garder le même nom que ses enfants, mais n'en était plus certain à présent. Puis il y avait eu sa colère en apprenant qu'elle ne présiderait plus le gala de la Fondation… L'idée qui germa en lui le choquant, il tenta d'y voir plus clair.

— Vivre dans le mensonge a certainement été éprouvant pour papa et toi, alors pourquoi ne pas y avoir mis fin plus tôt ?

— Tout fonctionnait bien. Jusqu'à ce que David insiste pour m'épouser.

— Mais vous n'êtes toujours pas mariés.

Comme sa mère serrait les lèvres, il comprit pourquoi elle avait accepté si facilement de faire partir son amant lorsqu'il le lui avait suggéré. Il y avait un secret entre eux…

— En fait, tu aimes être une Romano et ne veux pas que cela change.

— J'ai mérité ce nom !

Et surtout les privilèges et la gloire qui lui étaient associés… Son père n'avait peut-être pas aimé sa mère de la manière traditionnelle, mais il lui avait offert la vie dont elle rêvait.

Dante, qui avait toujours accusé Mia de cupidité au moment du divorce, comprit alors qu'Angela avait dû être la plus avide. S'il avait souvent soupçonné Rafael de se montrer généreux par culpabilité, il en avait désormais la certitude. Son père aurait probablement été beaucoup plus heureux s'il avait pu recouvrer sa liberté dès les premières années de leur mariage…

Un détail restait cependant à éclaircir.

— Comment papa a-t-il persuadé Mia d'accepter ?

— L'argent, bien sûr ! ricana Angela. Elle était aux abois, sur le point de perdre son travail, une histoire à faire pleurer dans les chaumières. Or tu connais ton père. Un rien l'émeut…

— Tais-toi ! l'interrompit Dante. Je me fiche que papa ait été gay ou que tu couches avec mon prof d'anglais, mais je t'interdis de parler de Mia de manière si cruelle. Quelle était sa situation, exactement ?

— Selon ses dires, ses parents venaient de mourir dans un accident de voiture à la suite duquel son frère était resté handicapé, et il n'avait pas d'assurance…

— Son frère est handicapé ?

— Oui. Elle venait de le rapatrier des États-Unis. Ton père lui a promis de s'assurer qu'elle conserverait son travail, mais elle était à bout, épuisée par le manque de sommeil. Elle faisait des cauchemars, se revoyait coincée dans la tôle de la voiture avec les corps de ses parents…

Dante sentit son sang se glacer dans ses veines. Il savait que Mia avait perdu ses parents, mais ignorait que c'était si récent et qu'elle était dans la voiture avec eux.

Il la revit devant l'écurie, le suppliant de ne pas la laisser seule au manoir.

Il se leva d'un bond.

— Où vas-tu ?

— À Luctano. Voir Mia.

12.

Avoir appris l'homosexualité de son père était un choc pour Dante, mais bien faible en comparaison de sa découverte du passé de Mia.

Il l'avait crue mariée à son père pour des raisons purement égoïstes. Il avait mis l'absence de son frère à son mariage et à l'enterrement de Rafael sur le compte d'un désaccord entre eux, l'avait même accusée d'avoir voulu tenir Michael à l'écart des Romano de crainte que, réprouvant le comportement de sa sœur, celui-ci ne fasse corps avec eux contre elle.

Quelles conclusions hâtives… Et dire qu'il se targuait d'avoir un jugement infaillible !

Mia avait raison. Il ne la connaissait pas.

Mais il voulait la connaître.

Même s'il ignorait la profondeur de ses sentiments pour elle, il était certain de vouloir retourner au plus vite à ses côtés pour s'assurer qu'elle allait bien.

À l'approche de Luctano, le beau temps laissa place à une pluie diluvienne accompagnée de violentes rafales. Par chance, le pilote de l'hélicoptère, un homme très expérimenté, parvint à poser l'appareil sans encombre sur l'héliport de la propriété.

Dante s'élança vers le manoir.

Toutes les lampes étaient allumées, mais il ne trouva Mia nulle part au rez-de-chaussée.

Il monta l'escalier quatre à quatre en l'appelant avant de frapper à sa porte.

— Tu es là ? Puis-je entrer ?

Faute de réponse, Dante pénétra dans la suite et se figea, stupéfait. Les rideaux voltigeaient dans la pièce sous l'effet du vent et de la pluie, et Mia était assise sur le tapis au pied de son lit, les genoux serrés contre sa poitrine.

Elle leva vers lui son visage livide.

— Laisse-moi…

Elle ne voulait pas qu'il la voie dans cet état, c'était compréhensible, mais il ne pouvait pas l'abandonner. Ses yeux au bleu si clair exprimaient une terreur si intense qu'il sentit son cœur se serrer.

Après avoir fermé la fenêtre, il s'accroupit devant elle.

— Je suis désolé, Mia. Détends-toi, je suis là, à présent. Tout va bien.

— Non, cria-t-elle, rien ne va ! Comment as-tu osé m'amener ici puis renvoyer le personnel et m'abandonner, toute seule dans cette grande maison ?

Et comme elle poursuivait, divaguant sur les fantômes et les tombes en un flot de paroles si rapide qu'il ne saisissait pas le cours de sa pensée, il la prit dans ses bras.

— Je t'en prie, excuse-moi. Tu es en sécurité, maintenant.

Elle se calma peu à peu.

— Je deviens folle, murmura-t-elle en sanglotant. Je ne pourrai jamais être une bonne mère pour mon enfant.

— *Notre* enfant, et crois-moi, tu seras la plus merveilleuse des mères.

— Comment le pourrais-je ? J'ai une peur panique des fantômes.

— Il n'y a pas de fantômes.

— Si, j'en ai entendu.

— C'est le cliquetis des squelettes de la famille dans les placards.

Mais sa plaisanterie ne fit pas sourire Mia qui se remit à pleurer de plus belle.

Bizarrement, Dante, qui avait toujours eu horreur des larmes féminines, fut presque heureux de voir les siennes. La véritable Mia se révélait enfin à lui. Il lui caressa les cheveux.

— Les fantômes n'existent pas, tu le sais bien.

— En attendant, ma mère m'a parlé alors qu'elle était déjà morte !

Dante comprit qu'il leur était impossible de discuter de manière rationnelle tant qu'elle était en proie à une telle émotion.

— Tu veux un verre d'eau ? Tu te sentiras mieux après.

Mia recula brusquement la tête.

— Tu ne me crois pas, n'est-ce pas ?

— Je n'ai pas dit ça. Viens t'allonger, tu es gelée.

Il l'aida à se redresser, lui enleva son peignoir, la fit entrer dans le lit puis s'assit à côté d'elle.

— Je viens juste d'apprendre dans quelles conditions tes parents avaient trouvé la mort ainsi que l'état de ton frère. Je suis désolé de m'être montré aussi insensible.

— Merci.

— Tu me disais que ta mère t'avait parlé. Le fait-elle en ce moment ?

— Non, je n'entends pas de voix.

— Bon, dans ce cas, raconte-moi ce qui s'est passé. Ta peur actuelle est-elle liée à l'accident de tes parents ?

Mia hocha la tête, puis parla de leurs vacances en famille aux États-Unis, de son père qui s'était entêté à louer une voiture alors qu'il ne maîtrisait pas la conduite à droite, de sa peur, en reprenant connaissance coincée dans l'épave, d'être la seule survivante.

— … Et soudain, ma mère m'a parlé. Elle m'a dit de ne pas m'affoler, que l'ambulance arrivait, que tout irait bien pour moi et qu'elle m'aimait. Mais selon le rapport de police, elle était morte sur le coup.

Tout en réfléchissant à une explication plausible, Dante s'allongea sur le couvre-lit et serra Mia dans ses bras.

— Sa mort n'a peut-être pas été aussi instantanée, ou bien tu n'avais pas retrouvé toute ta conscience et tu as imaginé ce que tu avais le plus besoin d'entendre.

— Je ne pense pas, répondit Mia, mais c'est possible.

Pour une fois, Dante mit de côté son esprit rationnel pour le bien de Mia.

— Ou alors, aucune science n'étant exacte, par un phénomène inexplicable, elle a pu communiquer avec toi bien que déjà décédée.

Mia redressa la tête, le regard plein d'espoir.

— Comme… par l'esprit ?

— Par exemple.

Il lui sourit alors et poursuivit :

— Et même si – et là, j'écarte mes croyances antérieures -les fantômes existent, ils n'ont aucune raison de nous faire du mal.

Mia le regarda, comme si elle se rangeait à son avis, et Dante en profita pour aborder le sujet qui lui tenait à cœur.

— Mon père savait-il tout ce que tu viens de me dire ?

— Oui, sauf ma peur des fantômes. Il était au courant de l'accident, des conséquences pour mon frère et du fait que nous avions épuisé l'héritage pour le faire soigner aux États-Unis et assurer son rapatriement. J'étais dans une situation désespérée lorsque je l'ai rencontré.

Pas étonnant qu'il lui ait donné de telles sommes avant même de l'épouser ! songea Dante, furieux d'avoir imaginé Mia en femme cupide.

— Je suis désolé de t'avoir si mal jugée. Un point me tracasse cependant, mon père et toi…

— Je t'en prie, l'interrompit-elle. Ne me pose plus de

questions ce soir. Nous en discuterons, mais pas maintenant. Je suis épuisée.

— D'accord.

Ils restèrent un moment allongés côte à côte en silence. Dante n'aurait jamais cru pouvoir être heureux un jour que son père ait épousé Mia, pourtant il l'était. Grâce à Rafael, Mia avait vu ses problèmes financiers réglés et avait profité de cette splendide propriété, d'une vie douce et exempte de soucis qui l'avait aidée à surmonter ses récents drames. Se souvenant alors de sa brutalité à son encontre devant l'écurie, il déclara :

— Si le médecin nous donne son accord, tu pourras à nouveau monter Massimo.

Mia leva aussitôt la tête vers lui.

— Oh ! merci, Dante. Je te promets d'être très prudente. Mais je suis très gênée d'avoir été vue dans un tel état.

— Ne le sois pas. Je suis heureux que tu m'aies parlé de ta peur.

— Vraiment ?

Pour toute réponse, il posa sa bouche sur la sienne.

Mia s'abandonna à ses lèvres, enfin rassurée.

— Ne t'arrête pas ! protesta-t-elle lorsqu'il s'écarta, puis sauta à bas du lit.

— Si, je ne voudrais pas être accusé plus tard d'avoir abusé de…

— Tu n'abuses pas de moi, reviens.

— Non, car tu pourrais regretter d'être restée, demain matin, après avoir entendu ce que j'ai à te dire.

— Parle maintenant ! Sinon je ne vais pas fermer l'œil de la nuit.

— Je serai présent dans la vie de notre enfant. J'aimais

beaucoup mon père, mais le voyais très peu. Je ne veux pas reproduire ce modèle.

— Bien sûr, répondit Mia. Alors comment allons-nous nous organiser ?

— Tu pourrais t'installer ici, tu as toujours aimé cette propriété. J'engagerai une nourrice pour te seconder.

— Et toi, où vivras-tu ?

— À Rome, c'est à une demi-heure d'hélicoptère seulement. Comme cela, nous ne nous gênerons pas.

Qu'il veuille déjà se séparer d'elle blessa Mia.

— Pourquoi nous gênerions-nous ?

— Je ne suis pas du type à m'engager très longtemps dans une relation. Tu as dû t'en rendre compte.

— Oui…

— Alors, réfléchis à ma proposition, nous en reparlerons demain. Repose-toi maintenant, tu en as besoin.

Dante s'approcha alors de la fenêtre et fit mine de fureter derrière les rideaux.

— C'est bon, aucun monstre caché ici.

Mia ne put s'empêcher de rire en le voyant poursuivre son inspection dans le dressing-room, puis la salle de bains. Il savait donc être espiègle ! Et il était si beau…

— Arrête !

— Bonne nuit, Mia. Et dors sur tes deux oreilles car si mon père devait revenir hanter un endroit, ce serait plutôt la chambre de Roberto.

— Tu es au courant ? s'exclama-t-elle, sidérée.

Il sourit.

— Eh oui…

— Comment le vis-tu ?

— Je te dirai ça demain. Tu es trop fatiguée. Toutefois, si tu as besoin de quoi que ce soit…

— Attends, Dante.

Mais il avait déjà disparu.

Mia serra les dents, frustrée, à peine capable de croire qu'il connaissait la vérité sur son père et en souriait, mais en plus qu'il l'abandonnait, pantelante, après un baiser plein de promesses.

Soudain, un sourire fleurit sur ses lèvres. Il ne l'avait pas abandonnée. Il venait de lui offrir un choix.

Comme après l'enterrement. Il ne l'avait pas forcée, ni n'avait essayé de la persuader.

Ce n'était que du sexe aux yeux de Dante, rien de plus, et elle devait s'en souvenir, mais cette nuit, il pouvait être à elle, si elle le voulait.

Et elle le voulait !

Mia sauta à bas du lit, un peu effrayée cependant à l'idée de traverser la maison en pleine nuit. Sa peur disparut dès qu'elle eut ouvert la porte. Dante avait laissé la lumière dans le couloir.

Et ses chaussures au pied de la volée de marches menant au deuxième étage.

Ses chaussettes à mi-hauteur de l'escalier.

Puis sa chemise.

Une véritable chasse au trésor, qui, devina-t-elle, devait la conduire jusqu'à lui. En effet, son pantalon était un peu plus loin au milieu du couloir et son boxer gisait devant sa porte entrouverte…

Elle le trouva allongé sur son lit, un sourire malicieux aux lèvres.

— Viens vite, lança-t-il en écartant le drap. Tu dois être gelée !

Mia se glissa contre lui et reprit aussitôt la conversation là où ils l'avaient laissée.

— Donc maintenant, tu sais tout ?

— Oui, et cela m'est égal. Toi seule m'importes, alors viens ici.

Et, sans lui laisser le temps de réagir, il lui ôta sa nuisette et l'attira à lui.

— J'ai une question à te poser, Mia, mais tu n'es pas obligée de me répondre. Tu m'as dit n'avoir jamais éprouvé de… sensations avant moi. Est-ce vrai ?

— Oui.

— Comment cela se fait-il ?

— Un manque d'intérêt, je pense.

— Pourtant, lors de notre première rencontre, tu me regardais avec des yeux pleins de désir qui semblaient me dire : « Je suis prête à tout pour toi. »

— Jamais de la vie ! Je ne ferais jamais ça.

— Et quoi d'autre ne ferais-tu jamais ? Ou plus exactement, que ne serais-tu pas prête à faire pour moi ?

Affreusement mal à l'aise, Mia éluda son regard.

— Me goûter, par exemple ? insista-t-il.

— Je pourrais essayer, murmura-t-elle, sentant ses joues s'empourprer avant d'ajouter : Cesse de sourire ainsi, espèce de séducteur invétéré !

— Je l'étais, jusqu'à ce qu'une jeune fille coincée débarque un beau soir dans ma vie, dont le souvenir m'a empêché depuis de m'abandonner à mon habituel libertinage.

Il n'avait donc fait l'amour à aucune femme après elle ? Mia n'osait le croire, mais en fut secrètement excitée.

— Arrête de te moquer de moi.

— Ce n'est pas le cas, et je vais te le prouver.

Ce qu'il fit avec tendresse et passion.

Alors qu'ils reposaient enlacés, Dante déclara soudain :

— Je veux que tu m'accompagnes demain.

— À la réunion du conseil d'administration ? Certainement pas ! Je ne me sens pas capable de faire face à ces gens.

— Ne t'inquiète pas, je les affronterai seul. Viens simplement à Rome avec moi. Je nous réserverai une chambre au Fiordelise.

— Je ne suis pas certaine que ce soit…

— S'il y a une chose que j'ai apprise ces derniers temps, c'est que dissimuler la vérité est inutile, elle refait toujours surface et l'avis des autres importe peu. Tu n'as rien à craindre avec moi. Alors, m'accompagneras-tu ou pas ?

Mia hésita, puis se rendit à l'évidence. Dante ne lui proposait rien d'autre qu'un soutien passager. Même s'il l'avait attendue trois mois, il se lasserait vite d'elle, or elle était certaine de ses sentiments pour lui et le voir ensuite passer d'une femme à l'autre serait un calvaire.

— Pour être exhibée pendant quelques semaines avant d'être reléguée à la campagne en tant qu'ex-petite amie qui attend ton enfant, non merci !

Dante la regarda un instant, bouche bée.

— Que veux-tu exactement, Mia ? Que je t'épouse pour le bien de notre enfant ?

— Non.

— Heureusement, car ce serait du dernier ridicule.

Mia roula sur le côté. Oui, Dante avait raison, se marier pour donner une famille à un bébé était la dernière chose qu'elle souhaitait.

Elle voulait l'impossible.

Mais Dante ne croyait pas en l'amour. Il le lui avait assez répété…

13.

Malgré sa crainte de retourner à Rome et de s'exposer aux commérages, Mia avait fini par céder après avoir obtenu la promesse de Dante que personne ne serait au courant de sa présence. Au petit matin, elle enfila sa jupe en jean pour le voyage, puis mit dans une housse sa robe lavande pour s'habiller dans un relais routier avant l'arrivée à l'hôtel.

Le jour se levait à peine lorsqu'ils montèrent en voiture.

— Que veux-tu que je dise à propos de nous ? demanda Dante.

— Nie toute intimité.

— Non, ce serait mentir.

— Dans ce cas, ne dis rien.

— Aucun problème, si c'est ce que tu souhaites. Après tout, je n'ai pas de comptes à rendre aux membres du conseil. Ce n'était d'ailleurs pas une bonne idée de travailler avec la famille. Si Luigi n'avait pas été mon oncle, je l'aurais licencié en découvrant comment il jouait les profits de la société au casino. Ariana passe plus de temps dans les boutiques qu'au bureau, mes cousins sont des fainéants et je te passe le reste. Tous ont des défauts soigneusement cachés mais se permettent de me juger parce que je mène ma vie au grand jour.

— Ton père aussi ?

— Non. Il me soutenait. Savait-il que j'en aurais fait autant pour lui ? Je l'ignore.

— Il le savait.

— Alors pourquoi ne m'a-t-il pas avoué son homosexualité ?

— Il l'aurait fait s'il n'avait pas été malade, il me l'a dit.

— Il serait passé outre la volonté de ma mère ?

— Oui, il y avait songé, mais tout le monde ne se moque pas autant que toi de voir sa vie privée exposée. Une autre solution s'est présentée, il l'a saisie.

Ils continuèrent de discuter de Rafael en laissant Luctano derrière eux lorsque Dante demanda :

— L'orchidée de l'enterrement était de la part de Roberto ?

— Tout juste, je suis passée chez lui le matin pendant ma promenade à cheval.

— Pauvre Roberto. Il souffre…

— Certainement, mais il a eu la chance de vivre quinze ans avec l'amour de sa vie.

Une grande chance, qui n'était pas donnée à tout le monde… Mia songea alors à sa propre situation et surtout à son souci primordial immédiat : la perspective de voir l'arrivée de son enfant faire la une des journaux. C'était si horrifiant qu'elle s'arma de courage pour aborder le sujet.

— Qu'allons-nous faire si la presse apprend que j'attends un bébé ?

— Rien.

— Tu oublies qu'à leurs yeux je suis ta belle-mère !

— Tu pourrais obtenir l'annulation de ton mariage.

— Probablement, mais la vraie nature de notre union deviendrait vite de notoriété publique. Je ne peux pas faire cela à ton père. Toi non plus, d'ailleurs.

— Tu as raison.

— Je pourrais rentrer à Londres le temps que les esprits s'apaisent.

— C'est là que tu as envie de vivre ?

— Mon frère et sa femme sont là-bas.

— Mais j'habite et travaille ici. Devrais-je prendre l'avion chaque fois que je voudrai voir mon fils ?

— Nous attendons peut-être une fille.

— Raison de plus. Il est hors de question qu'un océan me sépare d'elle. Et nous ?

— Quoi, nous ?

— Allons-nous toujours coucher ensemble ?

— C'est une plaisanterie ?

— Non, je suis sérieux. Le sexe est important et nous nous entendons remarquablement sur ce plan.

— De vrais rendez-vous galants seraient agréables.

— Peut-être, mais tu refuses d'être vue en ma compagnie. Alors, serons-nous contraints de nous retrouver en catimini dans des palaces ?

— Oui, puisque tu ne me veux pas chez toi !

— Mia, les journalistes sont probablement déjà massés devant ma porte, et je n'aime pas amener de femmes chez moi, cela perturbe Alfonzo.

— Que la presse étale ta vie privée ne te gêne pas, mais tu préfères cacher tes maîtresses à ton chien ! s'exclama Mia, stupéfaite. C'est un comble.

— D'accord, nous irons chez moi si tu y tiens, mais ne viens pas me blâmer ensuite si nous sommes photographiés ensemble.

— Non, nous irons à l'hôtel.

Ils roulèrent en silence un long moment et arrivaient dans les faubourgs de Rome lorsque le téléphone de Dante, connecté au système haut-parleur de la voiture, sonna. Il prit l'appel de Sarah, lui confirma qu'il serait à l'heure à la réunion et passerait avant nourrir Alfonzo.

— Tu as compris, j'imagine ?

Mia se contenta de hocher la tête, en proie à une violente jalousie.

— Ne t'inquiète pas, je te déposerai au Fiordelise avant.

Elle s'enferma dans un silence rageur, jusqu'à ce que le téléphone sonne à nouveau. Elle reconnut alors la voix d'Angela sans toutefois comprendre un traître mot de son italien rapide.

— Maman veut parler à Stefano et Ariana avant la réunion. Nous nous retrouverons donc tous au siège de la société à 8 heures.

— Tu n'auras pas le temps de me déposer à l'hôtel et de passer chez toi avant, la circulation est infernale.

— Tu as raison. Pourquoi ne m'attendrais-tu pas dans mon bureau ?

Mia hésita puis, ne souhaitant pas compliquer la situation, accepta après s'être assurée que personne ne serait au courant de sa présence.

Ils arrivèrent dans le garage de Romano Holdings sans croiser de journaliste et montèrent dans le bureau de Dante ou celui-ci la laissa pour rejoindre sa mère dans le pied-à-terre de Rafael, au dernier étage.

— Tu viendras me dire comment ça s'est passé avant d'aller à ta réunion ?

— Promis.

Mia profita de son absence pour se changer et réfléchir. Même si elle était certaine d'aimer Dante, vivre dans l'attente du moment où il la quitterait pour une autre – ce qui ne manquerait pas d'arriver – lui empoisonnerait l'existence. Or, comme il n'était pas décidé à s'engager, mieux valait s'en tenir à sa décision et regagner Londres dès le lendemain. Ce serait douloureux, mais rester à espérer un changement, qui ne viendrait pas, le serait plus encore.

Elle se fit belle pour lui une dernière fois, prête à profiter au maximum du temps qu'il leur restait à passer ensemble, puis s'installa sur le canapé.

Dès que Dante entra dans l'appartement de Rafael, Stefano et Ariana voulurent connaître la raison de cette convocation si matinale.

— Maman doit vous parler.

Angela leur raconta alors toute l'histoire.

Les jumeaux, trop stupéfaits pour l'interrompre, écoutèrent en silence jusqu'au bout.

— Donc Stefano et moi avons été conçus dans le seul but de donner le change à la société ? demanda Ariana.

— Non, intervint Dante, improvisant dans la seconde, papa vous adorait, tu le sais.

— Mais pourquoi ne nous a-t-il rien dit plus tard ?

— Par pudeur, certainement.

— À quoi bon cependant impliquer Mia dans cette comédie ?

— Il savait ses jours comptés. Elle lui a permis d'aller se réfugier en Toscane et de terminer sa vie au calme, en paix.

— Mais toi, maman, s'emporta soudain Ariana, comment as-tu pu jouer la comédie de la femme délaissée et me pousser à être odieuse avec Mia ?

— Je regrette profondément mon attitude, répondit Angela. Je souhaite d'ailleurs m'en excuser auprès d'elle.

— Merci, maman, déclara Dante. Elle appréciera, j'en suis certain. Tant que nous sommes réunis ici, je voudrais vous soumettre une idée. Je pensais offrir la propriété de Toscane à Roberto. Il l'adore et en prendra soin aussi bien que papa, de plus ils y ont vécu heureux pendant quinze ans. Qu'en pensez-vous ?

— Je suis d'accord, déclara Ariana.

Stefano et Angela acquiescèrent à leur tour.

— Parfait.

Dante jeta alors un coup d'œil à sa montre. L'heure avait tourné sans qu'il s'en rende compte et il avait promis à Mia de passer la voir avant d'entrer en réunion.

— Je dois partir maintenant, j'ai un dossier à récupérer avant la réunion.

— Attends, Dante. Que vas-tu dire à la famille ?

— Rien. Si papa avait voulu parler, il l'aurait fait lui-même.

— Et à propos des photos ?

— Ne t'inquiète pas, je m'en occupe. Je vous laisse discuter tous les trois. À tout à l'heure.

En fait, Dante ne savait pas encore ce qu'il allait dire à propos de ces satanées photos. Il se moquait éperdument de l'avis des autres, mais la presse allait s'en prendre à Mia une fois de plus. Elle s'inquiétait déjà de l'impact que les articles pourraient avoir plus tard sur leur enfant, ce qui était mauvais pour le bébé.

La situation était bien différente de l'époque où il était sans la moindre attache…

— Comme tu es belle ! s'exclama-t-il en entrant dans son bureau. C'est la robe que tu portais lors de notre toute première rencontre, n'est-ce pas ?

— En effet.

— J'aimerais pouvoir remonter le temps… Si tu n'avais pas été l'assistante de mon père…

— Qu'aurais-tu fait ? Tu m'aurais invitée à dîner ?

— Je n'ai pas pensé à une invitation quelconque ce jour-là. J'étais fou de désir pour toi.

Mia se leva et l'embrassa avec passion.

— Si seulement tu avais pu faire ça dans le bureau de mon père…

À cet instant, le téléphone de Dante sonna. Sarah l'avertissait de l'arrivée des membres du conseil.

— Faites-les patienter, j'en ai pour une dizaine de minutes, déclara-t-il avant de raccrocher.

Et, devant le regard interrogateur de Mia, il lui saisit la main, la posa sur son érection et déclara :

— Tu ne peux pas me laisser dans cet état, surtout après m'avoir dit ce que tu étais prête à faire pour moi hier soir.

— Tu veux…

Dante hocha la tête et défit les boutons de sa braguette.

— Je n'ai jamais…

— Je sais.

Mia sembla hésiter puis lui adressa un sourire tout à la fois coquin et plein de tendresse qui, en plus de l'exciter, le toucha profondément.

— Vos désirs sont des ordres, *signore* Romano.

Un sentiment de puissance le submergea en la voyant s'agenouiller devant lui. Au moment où elle approcha la bouche de son érection, le monde alentour disparut. Il n'y avait plus que lui et cette femme à la charmante naïveté qui portait son enfant. Il plongea les doigts dans ses boucles blondes et s'abandonna au plaisir qu'elle lui offrit, se mordant la lèvre pour ne pas le manifester bruyamment.

— Voilà ce que tu aurais dû me faire ce jour-là, dans le bureau de mon père, déclara-t-il en se rajustant après l'avoir aidée à se relever.

— J'aurais peut-être dû, mais on ne peut pas réécrire l'histoire, Dante. Et à propos d'histoire, aurais-tu une autre solution que de me reléguer en Toscane ? Car j'ai bien réfléchi, je ne serai pas ta maîtresse occasionnelle. Je veux être courtisée de manière romantique.

— Je t'ai offert des fleurs, des chocolats et des boucles d'oreilles, rétorqua-t-il avec un sourire charmeur.

— C'est vrai, tu sais te montrer généreux pour obtenir ce que tu veux, mais moi, je veux une véritable relation.

— Laisse-moi du temps, je viens d'apprendre mon futur statut de père.

— Cela n'a rien à voir avec le bébé. Si tu ne peux pas m'offrir ce que je souhaite, je chercherai un homme qui en soit capable.

— En étant enceinte ? Allons, Mia, sois sérieuse !

— Je peux attendre, simplement ce ne sera pas dans un lit avec toi. Je trouverai la relation dont je rêve.

Dante, qui avait déjà affronté ce genre de discussion, refusa de capituler.

— Bonne chance avec cet homme idéal !

— Merci. Je suis heureuse d'avoir ta bénédiction.

À cet instant, Sarah frappa à la porte.

— Dante, tout le monde vous attend.

— J'arrive.

Tout en rejoignant la salle de réunion, Dante réfléchit aux propos de Mia. Elle cherchait à le manipuler, c'était certain, pourtant, envisager un futur sans elle, des week-ends et des vacances seul avec son enfant, lui parut soudain impossible.

Et il lui avait donné son approbation pour… le tromper !

— Dante ! s'exclama Luigi dès son entrée dans la pièce. Comment as-tu pu agir de la sorte ? Ton attitude est impardonnable, cette fois.

— On pourrait dire que cette soirée était trop douloureuse pour Mia et qu'il l'a réconfortée, suggéra Ariana.

— Lové contre elle dans l'obscurité du jardin ! rétorqua Stefano. Non, personne n'y croira.

Dante, qui poursuivait le cheminement de sa pensée, tapa brusquement du poing sur la table.

— Taisez-vous. Je refuse de discuter de ma relation avec Mia.

— Parce que tu as des relations, maintenant ?

— Ça suffit, Luigi, garde ce genre de réflexions pour toi ! Quant à vous, sachez que rien ne s'est passé entre Mia et moi du vivant de mon père, le reste ne vous regarde pas. Désormais, si vous ne vous montrez pas courtois envers elle, c'est à moi que vous aurez affaire. Cette réunion est levée.

Il quitta alors la pièce sans autre commentaire.

Dans le bureau, Mia repensait aux instants intimes qu'elle venait de vivre avec Dante, encore étonnée d'avoir pris autant de plaisir à lui en donner et regrettant déjà de lui avoir lancé l'équivalent d'un ultimatum, lorsqu'il revint, la prit par la main et l'entraîna.

— Ciel, que s'est-il passé pour que tu reviennes aussi vite ? demanda-t-elle, inquiète.

— Rien d'autre que ce à quoi je m'attendais. On en discutera plus tard. En attendant, viens prendre l'air avec moi.

— Où veux-tu aller ?

— Au jardin aux cascades, juste en bas. Je m'accorde la journée.

Comme il rejetait ses questions avec impatience, Mia le suivit sans mot dire jusque devant la célèbre chute d'eau.

— C'est beau, n'est-ce pas ?

— Oui, c'est magnifique, mais vas-tu enfin me dire ce qui s'est passé à la réunion ?

Pour toute réponse, Dante mit un genou à terre.

— Que fais-tu ? demanda-t-elle, stupéfaite.

— Tu voulais du romantisme, alors j'accède à ton souhait : Mia Hamilton, acceptes-tu de m'épouser ?

— Arrête ! Tu ne peux pas me demander ma main juste parce que j'attends ton enfant !

— Disons plutôt que je ne supporte pas l'idée de toi dans les bras d'un autre, la corrigea-t-il en souriant. Surtout après avoir reçu de ta part une faveur particulièrement délicieuse, mais par-dessus tout, je t'aime, Mia. Tu es ce qui m'est arrivé de meilleur dans la vie et je ne m'imagine pas marié à une autre que toi.

— Mais tu ne crois pas au mariage !

— Je crois en le nôtre.

Face au sérieux de Dante, Mia, qui jusque-là n'avait osé le croire, sentit son cœur prêt à éclater de bonheur.

— Je pense être tombé amoureux de toi dès le premier regard, poursuivit-il, mais j'ai passé plus de deux ans à refuser de l'admettre. D'une part, tu étais la femme de mon père, de l'autre les sentiments que j'éprouvais pour toi me terrifiaient. Alors, Mia, veux-tu bien m'épouser ?

— Oh oui, Dante ! Il n'y a rien que je veuille plus que de devenir ta femme.

Dante se releva, la prit dans ses bras et l'embrassa avec passion, sans se soucier des regards des promeneurs qui commençaient à affluer.

— Je vais t'emmener Via Cola di Rienzo, dit-il en se séparant d'elle, et t'acheter la plus belle bague que tu aies jamais vue, mais auparavant…

— Nous devons aller nourrir Alfonzo.

— En effet, et je tiens aussi à te montrer notre nouvelle chambre.

— Cela me semble être un programme parfait.

Et Mia embrassa l'homme parfait.

14.

Trois semaines seulement après le gala de la Fondation Romano, Mia attendait dans la suite aux citrons le moment de descendre rejoindre les invités pour la cérémonie.

L'annonce de son mariage avec Dante, quatre mois seulement après le décès de Rafael, avait causé une intense agitation médiatique. Cependant, face au charisme de son futur époux et à l'approbation de la famille Romano, les commérages avaient laissé place à la joie générale et toute la haute société italienne s'apprêtait à partager ce moment de bonheur avec eux.

Après la cérémonie, ils passeraient leur nuit de noces au manoir avant que cette résidence revienne à son propriétaire de droit : l'amour de Rafael.

Roberto avait pleuré en apprenant qu'il pourrait y passer le restant de ses jours. Tous savaient qu'il prendrait soin de la propriété si chère à son amant et Mia et Dante y reviendraient souvent, car l'avocat faisait partie de leur famille.

Dans quelques minutes, elle allait devenir *signora* Romano pour la seconde fois, songea Mia en observant son reflet dans le miroir en pied de sa suite. Elle avait choisi une robe à taille empire en soie vert pâle recouverte de tulle et laissé ses cheveux retomber sur ses épaules en boucles souples. Sur sa tête était posée une couronne de petites feuilles des vignes de la propriété et son bouquet était composé de fleurs sauvages et de coquelicots.

Prête à épouser l'homme qu'elle aimait, Mia quitta sa suite.

Michael, qui l'attendait au bas de l'escalier, superbe en costume noir, ne put dissimuler son admiration.

— Tu es si belle, ma sœur !

— Ne perdons pas de temps, intervint alors Gemma en poussant le fauteuil roulant de son mari, les gens s'impatientent, dehors.

Une main dans celle de son frère, Mia s'avança sur la pelouse où était dressée une arche de fleurs. Un hélicoptère survolait le jardin, mais l'intérêt de la presse avait cessé de la déranger.

Dante l'attendait, radieux devant l'arche. Lui seul comptait, désormais.

Toute la famille était présente. Angela souriait avec fierté. Stefano, le témoin de son frère, Eloa, qui serait la prochaine mariée quelques semaines plus tard, et Ariana, la demoiselle d'honneur, se tenaient près du prêtre.

Roberto, présent aussi au premier rang, se tapotait les yeux avec son mouchoir.

— Tu es divine, murmura Dante lorsqu'elle prit place devant lui.

Lui aussi l'était, si élégant dans son smoking gris perle que Mia se retint de l'embrasser.

Lorsque la cérémonie commença, les murmures cessèrent.

— Moi, Dante Rafael Romano, te prend, Mia Jane Hamilton, pour épouse. Je te promets de t'être toujours fidèle, dans la joie et la douleur, dans la santé et la maladie, de t'aimer et de t'honorer tous les jours de ma vie.

Mia prononça ses vœux à son tour et, lorsque le moment du baiser arriva, elle ferma les yeux en abandonnant ses lèvres à celles de son mari, tandis que des larmes de bonheur coulaient sur ses joues.

Ils rejoignirent alors leurs invités sous les applaudissements, et ceux qui avaient toujours douté qu'un play-boy de la trempe de Dante puisse un jour se ranger surent en voyant son émotion qu'il venait d'offrir son cœur à jamais.

Au début du repas, Dante fit un émouvant discours avant de conclure :

— Ma femme et moi sommes heureux de partager avec notre famille et nos amis une grande nouvelle : nous attendons des jumeaux.

La journée se poursuivit dans l'allégresse générale.

Avant la tombée de la nuit, Dante et Mia s'éclipsèrent main dans la main en direction du cimetière familial.

Quelqu'un les y avait précédés : Roberto avait déposé sur la tombe de Rafael un bouquet d'orchidées blanches.

Mia y ajouta le leur d'une main assurée.

Avec Dante à ses côtés, elle n'avait plus peur de rien.

Un traître pour amant, de Jennie Lucas - N°4349

Leo est apparu dans la vie de Daisy tel un miracle, un rêve, avec son regard ténébreux et son sourire dévastateur. Dès le premier instant, elle a été séduite par son charme viril, et tous deux savourent depuis lors des nuits exquises. Hélas, le monde de Daisy vacille quand elle apprend que son amant n'est autre que Leonidas Niarxos, l'homme qu'elle tient pour responsable de la mort de son père ! Anéantie, elle décide de le fuir sans lui révéler qu'elle attend son enfant. Jusqu'à ce que Leonidas découvre son secret...

La fiancée d'un Sicilien, de Maya Blake - N°4350

Mia est stupéfaite. Sur le pas de sa porte se tient Rocco, l'homme qui l'a brutalement abandonnée trois ans plus tôt, l'accusant des pires maux. Mais sa surprise se transforme en peur quand il lui révèle l'objet de sa visite : il vient de découvrir que Mia a eu un enfant de lui et compte bien faire de Gianni l'héritier des Vitelli ! Désemparée et craignant d'être séparée de son fils chéri, Mia accepte le mariage de convenance que lui propose Rocco...

**Vengeance et lune de miel,
de Jessica Gilmore - N°4351**

Pour conclure une affaire et surtout assouvir une vengeance personnelle, Deangelo Santos a besoin... d'une épouse ! Or il sait déjà à qui demander de tenir ce rôle au cours d'un séjour à Rio de Janeiro. Harriet, sa très efficace assistante, est la candidate idéale, elle qui n'a jamais manifesté le moindre intérêt sentimental pour lui. Si son plan semble d'abord fonctionner à merveille, leur lune de miel improvisée paraît soudain bien trop réelle à Deangelo. En effet, à mesure qu'il côtoie Harriet, il se rend compte à quel point la jeune femme l'attire...

L'héritière du Kansas, de Susan Meier - N°4352

SÉRIE : *LES MILLIARDAIRES DE MANHATTAN* - 1/3

Leni a grandi à Mannington, dans le Kansas – un petit village tranquille où il ne se passe pas grand-chose. Aussi est-elle sidérée de voir débarquer dans le petit restaurant où elle travaille comme serveuse un homme d'affaires de la ville. D'autant que Nick Kourakis lui fait une révélation inattendue : elle est l'héritière d'un milliardaire ! Bientôt, la jeune femme accepte de l'accompagner à New York, où elle découvre un monde de luxe bien différent du sien. Au risque de perdre ses repères et la raison auprès de Nick...

Zakaria, un cheikh maudit,
d'Elisa Marshall - N°4353

SÉRIE : *L'HÉRITAGE DES SABLES* - 3/3

La solitude est sa malédiction. Parce qu'il a été banni du royaume de Zmelâa à la naissance, Zakaria Miralez s'est construit à la dure, dans un sinistre bidonville du Venezuela. Aussi, le jour où une ambassadrice de son pays d'origine se présente chez lui pour lui révéler qu'il est prince, la rejette-t-il avec colère. Pourtant, à force de détermination, l'audacieuse Feriel le convainc de la suivre au palais, où l'attend la famille royale dont il n'a que faire. Mais, avant de partir, Zakaria s'en fait la promesse : jamais il ne cédera au lustre d'une existence qui n'est pas la sienne – même pour la plus belle femme du désert…

La fureur d'un play-boy,
de Chantelle Shaw - N°4354

Pour la presse à scandale, il est le célibataire le plus sexy d'Espagne. Un play-boy, une légende sportive. Mais, pour Betsy, Carlos Segarra est l'homme qui l'a séduite deux ans plus tôt, avant de l'abandonner sans un mot. Surtout, il est le père de son fils ! Alors qu'elle pensait ne jamais le revoir après leur unique nuit d'amour, le voici chez elle, plus arrogant que jamais. Carlos vient en effet de découvrir le secret de Betsy, et c'est avec fureur qu'il lui demande des comptes !

Fascinée par un séducteur,
de Sharon Kendrick - N°4355

Depuis que le célèbre Alek Sarantos est arrivé dans l'hôtel de luxe où Ellie travaille, toutes les équipes sont en ébullition, et chacun s'efforce de satisfaire au mieux les caprices du milliardaire. Mais Ellie, elle, tâche surtout d'ignorer sa beauté foudroyante et ses regards brûlants de désir. Pourtant, lorsque Alex lui donne un fougueux – et merveilleux – baiser, elle ne peut résister et se laisse aller entre ses bras. C'est alors que sa vie bascule : elle perd son emploi, les paparazzis se lancent à ses trousses, et le beau Grec, persuadé qu'elle a averti les médias, est fou de rage…